THEODOR LÜBBE

Das verklungene Lied

Eine Erzählung aus dem alten Dithmarschen

Verlag Boyens & Co.

ISBN 3-8042-1084-8

Herstellung: Westholsteinische Verlagsdruckerei Boyens GmbH & Co. KG, Heide
Printed in Germany

1

Als die Dunkelheit anbrach, wurden vor dem kleinen Haus mit dem Strohdach Rufe laut: „Hure, komm heraus!“ Ketten klirrten, Hunde schlugen an. Es war, als würden Knüppel aufeinander geschlagen. Mit lautem Krach zersplitterte die Tür der kleinen Kate. Männer drangen ins Innere ein, suchten nach Änneke und fanden sie. Grobe Hände griffen nach der jungen Frau, rissen an den Kleidern. Sie konnte sich befreien und rannte in die Dunkelheit hinaus.

Doch schon bald spürte Änneke, dass die Peiniger sich nicht abschütteln ließen. Die Rufe „Hure“ und „Hexe“ kamen näher. Die Fliehende bemerkte Lichtschein hinter sich. Er schien von Fackeln zu stammen. Die Schreie wurden lauter, ein Zeichen, dass der Abstand zu schrumpfen begann.

Der Schlamm des Weges hielt die Beine fest. Sie wurden schwerer. Änneke mußte auf dem Damm zum Butendiek sein, konnte das Wasser aber in der Dunkelheit nicht erkennen. Ganz plötzlich rutschte sie aus, glitt ein Stück über den Boden und spürte die Kälte des Wassers. Sie war in den See geschlittert. Schon waren die Männer heran. Sie warfen Steine auf die Gestalt, die in den Wellen trieb, sich aber nur verschwommen abzeichnete.

Änneke versuchte, sich über Wasser zu halten und ruderte mit Armen und Beinen. Als sie dann aber doch ein Stein am Kopf traf, verlor sie kurz das Bewußtsein und versank. Die Fackeln der Männer verschwammen vor ihren Augen zu einem einzigen Lichtfleck, dann wurde es dunkel. Ännekens Kopf geriet für einen Augenblick unter die Wasseroberfläche. „Versoffen“, stellte der lange Peter Martens fest. „Tatsächlich“, bestätigte Onno Thedens, der seine Fackel noch einmal hochhielt und damit einen trüben Schein auf das moorige Wasser warf. Die Stimmen der Männer verloren sich langsam, wurden leiser auf dem Weg zum Dorf.

Änneke tauchte aus der schlammigen Flut wieder auf. Ihr ganzer

Körper zitterte, wehrte sich gegen die Kälte, die Nässe, die Ohnmacht. Plötzlich spürte sie unter ihren Füßen Grund. Sie reckte die Arme empor und berührte damit die starken Zweige eines Busches. Das Leben in ihr bäumte sich auf. Sie griff zu und konnte sich herausziehen. Mit letzter Kraft schleppte sie sich zu einem Heuschober hin, der nahe dem Ufer stand. Sie wühlte sich ein in die spröde Masse trockner Grashalme. Wilde Gedanken befielen sie, halb von Angst, halb von Trotz bestimmt. Schließlich schlief Änneke erschöpft ein.

Der harte Ton von Kirchenglocken rief sie aus der Finsternis des Schlafs. Es war Kirchgang. Nur langsam erwachte die junge Frau, fand den Faden zu dem wieder, was am Tag vorher geschehen war. Sie war Gerd begegnet, den sie den Dicken nannten, der ihr seit Monaten den Hof machte, der sie nun aber in einer Scheune erwischt hatte in den Armen eines anderen. In seiner Wut hatte Gerd losgeschrien: „Hure! Hure! Hexe!“ Die Worte waren wie ein Feuer durch das Dorf geprescht.

Die häßlichen Szenen der Flucht zum Butendiek tauchten vor Änneke noch einmal wieder auf. Sie bestärkten sie in den Gedanken, die in ihr aufkeimten: „Ich muß hier weg“, sagte sie laut. Sie stand auf, strich ihre noch etwas feuchte Kleidung glatt und machte sich auf den Weg.

Leichter Dunst lag über dem Land, als sie sich nach Süden wandte, Heide zu. Dort in dem Marktflecken würde sie sicher Unterschlupf finden. Sie versuchte, am Dorf vorbei auf den Hauptweg zu gelangen. Auf dem Feldweg, den sie zunächst beschritt, würde sie wohl keiner erwischen. Die Leute waren doch sicher alle in der Kirche.

Doch es kam alles anders. Auf dem Feldweg hinter der Kirche lief sie Gerd in die Arme. Sie versuchte zu fliehen, aber ihre Kräfte ließen rasch nach. Der Verfolger war schneller und holte sie bald ein. Seine harten Hände packten sie und schleppten sie in Richtung Dorf. Seine lauten Rufe: „Hexe, Hexe du!“ lockten immer mehr Leute an. Änneke wurde bespuckt und gefesselt. „Nach Heide mit ihr“, hieß es, „auf den Scheiterhaufen.“

Erst als die Kirchenglocke Sturm läutete und der Bote mit dem weißen Stab die Runde im Dorf machte, zerstreute sich die Menge.

Die Männer wurden zu den Waffen geholt. Die Döffte, die Wehreinheit, war aufgerufen, sich zum Abmarsch in Richtung Heide zu sammeln. Seit Tagen hatten alle Wehrfähigen im Alter von 14 bis 65 ihre Waffen bereitgelegt. Die Dänen und Holsteiner hatten mit Krieg gedroht, wenn die Dithmarscher sich ihnen nicht unterwerfen würden. Wenn der Stab „umging", hieß das bereit zu sein, das Vaterland zu verteidigen. Schon mehrfach waren die Holsteiner ins Land eingefallen, hatten sich aber immer eine blutige Nase geholt. Seitdem einer aus ihrer Mitte König von Dänemark geworden war, fühlten sie sich stark und verlangten nun nach Rache.

Johann Tope, der Mann, nach dessen starken Armen sich Änneke in ihrer Not sehnte und den sie in der Menge vergeblich suchte, war dem Aufgebot der Mitteldöffte schon vorausgeeilt. Er gehörte zur Begleitung des Regenten Markus Swyn, einem der 48 Mitglieder der Landesvertretung Dithmarschens. Johann Tope hatte von der Verfolgung und Peinigung Ännekes nichts mitbekommen. Er hatte ganz plötzlich nach Heide abreiten müssen.

2

Sie waren schon Stunden unterwegs. Änneke taumelte zu Fuß neben den beiden Reitern her. Ihre Hände waren gefesselt. Um den Leib war ein Strick gebunden, der am Sattel eines der beiden Bewacher befestigt war. Änneke kannte den Weg. Sie war ihn oft mit ihrer Mutter gegangen, wenn diese mit ihrer Kiepe Heilkräuter nach Heide gebracht hatte.

Ein leichtes Grummeln war im Osten zu hören. Zog von dorther ein Gewitter auf? Ein grauer Schleier stand da über dem Horizont. Er wurde zusehends dunkler und überzog schnell den ganzen Himmel. Die Sonne, die vorher kräftig für Hitze gesorgt hatte, verschwand. Sie ertrank im Grau.

Urplötzlich brach der Himmel auf. Mit einem Donnerschlag zerriß er in zwei Teile. Blitze zuckten auf. Quer über den Himmel breitete sich ein grellroter Streifen aus, an dessen Seiten sich Wolkengebilde zeigten. In verschiedenen Farben von Tiefblau bis Nachtschwarz türmten sich Figuren auf, die wie Reiter aussahen, die aufeinander losstürmten. Die Männer, die Änneke bewachten, hielten die Pferde an, als der starke Regen herabrauschte. Die Tropfen zeigten eine rötliche Färbung. Dieser ungewöhnliche Niederschlag überzog die Landschaft, die Menschen und Tiere mit einem roten Schein und schien ihre Konturen zu verwischen. Änneke sank in die Knie. Es schien ihr, als sei sie von allen Kräften verlassen. Erst als der „blutige“ Regen so plötzlich aufhörte, wie er gekommen war, versuchte sie aufzustehen.

Auch die Begleiter erwachten aus ihrer Lethargie. „Oh Gott“, rief einer von ihnen. „Was bedeutet das?“ Er wandte sich an Änneke. „War das ein Vorspuk? He, Hexe, du mußt das doch wissen!“ Änneke ließ sich nicht stören. Sie schickte ein Stoßgebet zum Himmel. Dort bereitete sich ein Naturschauspiel vor. Die Sonne brach durch die dunklen Wolken. Wind kam auf und vertrieb die dicken, dunklen Gebilde. Alles schien wieder wie vorher.

Die Silhouette von Heide wurde im Süden sichtbar. Anfangs schien es so, als wüte dort ein schlimmes Feuer. Doch dann verschwanden auch hier die Wolkenschwaden. Die drei setzten ihren Weg fort, erreichten auch bald den Ort, in dem reges Treiben herrschte. Wo an den Wochenenden munterer Handel stattfand, gaben nun allerdings bewaffnete Männer den Ton an.

Als die beiden Männer dem Vogt erklären wollten, was sie und ihre Begleiterin nach Heide führte, wehrte er barsch ab. „Darum können wir uns jetzt nicht kümmern. Es gibt andere Dinge, die wichtiger sind. Sperrt sie einstweilen in den Marktkeller.“

3

Im Nordwesten des Heider Marktplatzes ging es laut zu. Dort, wo die eintönigen Häuserreihen mit ihren Fachwerkfronten und Strohdächern das Bild bestimmten. Ganz so lebhaft wie an friedlichen Markttagen war es jetzt aber nicht. Die unsichere politische Lage hatte wohl doch eine Reihe Händler und Käufer davon abgehalten, nach Heide zu fahren. Andere hatten nicht erst ausgepackt, standen herum und berieten sich.

Gehandelt wurde kaum. Heide hatte weit und breit den größten Marktplatz. Was Felder und Werkstätten in der Umgebung hergaben, stand hier zum Verkauf an jedem Sonnabend. Rinder, Schweine und Pferde wurden angeboten. Händler aus Lübeck und Hamburg priesen ihre Waren an, Gewürze zum Beispiel oder modische Kleidung, wie man sie in den Städten trug. Dithmarschens Bauern waren reich und konnten sich einiges leisten.

Jetzt aber bestimmten Männer das Bild, bewaffnet mit Spießen, Schwertern und Musketen. Manche trugen einfache Kleidung aus Webbes, einem im Lande gewebten Stoff. Es gab aber auch Gestalten in prächtigen Wämsern. Bart und langes Haupthaar umrahmten die Gesichter.

Hauptthema der Gespräche war die Lage im Land. Der Feind, also Verbände des Königs von Dänemark und der Herzöge von Gottorf und Hadersleben, hatten die Grenze überschritten, waren kurz vor Befestigungen an der Tielenbrücke und am Hammhaus vor Heide aufgetaucht, aber wieder verschwunden. Wo waren sie geblieben?

Eine Meinung herrschte einhellig vor: Sie werden den Weg wählen wie 1500 vor der Schlacht bei Hemmingstedt, und wir werden sie schlagen, wie damals. Viele glaubten daran, und Jacob Harder, der in einem Männerkreis vor der Kirche stand, verkündete es lauthals. Weiter aber kam er mit seinen Überlegungen nicht. Ein Reiter preschte heran. Staub wirbelte auf. Er zügelte sein Pferd vor dem Haus, in dem die Regenten tagten. „Meldorf ist gefallen“, rief er den Leuten zu, bevor er aus dem Sattel sprang und in das Gebäude lief.

„Meldorf ist gefallen“, war der Ruf, der wie eine Kanone einschlug. Er wurde als Aufschrei hundertfach wiederholt. Urplötzlich trat dann Stille ein. Nur eine Stimme war noch zu vernehmen, die von Jacob Harder: „Wir haben sie 1500 geschlagen. Wir werden es auch jetzt schaffen.“

*

Änneke taumelte in den düsteren Raum. Die Tür wurde hinter ihr zugeschlagen. Das Verließ war nur klein. Ein schwacher Lichtschein fiel durch eine vergitterte Luke. Langsam gewöhnten sich ihre Augen an die Dunkelheit und nahmen Einzelheiten wahr. In einer Ecke lag ein Haufen Stroh. Darauf warf sie sich. Der lange Fußmarsch hatte viel Kraft gekostet. Traurigkeit überfiel sie. Doch Tränen wollten sich nicht einstellen. Fragen bedrängten sie. Was hatte sie denn getan? Sie hatte geliebt, einen Mann, der ihr gefiel. Einem anderen, der sich ihr aufdrängte, hatte sie sich verweigert. War das ein Grund, sie zu verfolgen? War das ein Grund, sie in den See zu jagen?

Etwas anderes beschäftigte Änneke fast noch mehr. Was hatte das Schauspiel am Himmel zu bedeuten, das sie auf dem Weg nach Heide beobachtet hatte? War es die wilde Jagd, von der ihr die Mutter einst erzählt hatte? War es ein Warnzeichen für ein furchtbares Ereignis, eine Schlacht etwa? Schließlich schlief Änneke dann doch ein. Aber auch im Traum ließen ihr die beiden Männer, zwischen die sie geraten war, keine Ruhe. Der dicke Gerd, den sie so abstoßend fand, hatte sie gepackt. Er hätte die junge Frau gerne für eine Nacht genommen, um sie dann vielleicht wegzuwerfen wie einen angebissenen, sauren Apfel. Jan Tope, sein Gegenspieler, versuchte Gerd abzudrängen. Der Kampf der beiden Schatten verblaßte im Traum immer mehr. Änneke versank schließlich im Tiefschlaf.

4

Die Hauptmacht der Dithmarscher sollte sich in Richtung Hemmingstedt bewegen. Von dort aus konnten die einzelnen von den Döfften gebildeten Kontingente verhältnismäßig schnell überall hingelangen, wo der Feind auch auftauchen mochte. Würden die Dänen und Holsteiner den gleichen Weg wählen wie im Jahr 1500, konnte südlich von Hemmingstedt der Weg gesperrt werden. Drohte Gefahr von Osten oder Norden, war es auch möglich, rasch zu handeln.

Johann Tope gehörte zum Aufgebot der Mitteldöffte. Er hatte mit seiner Truppe gerade den Ortskern von Hemmingstedt erreicht, als ein Reiter heranpreschte. Er selbst und sein Pferd waren staubbedeckt. „Sie kommen von Norden", rief er den Männern zu, die sich einen Augenblick Rast gönnten. „Verdammt", brummte einer der bärtigen Männer, der eine eingerollte Fahne trug. „Nun müssen wir zurück. Über eine Meile umsonst marschiert." Er behielt recht. Wenig später zog die erste Kolonne wieder nach Heide ab.

Dumpfer Trommelklang stieg auf. Es klang wie eine Warnung. An wen? Für den Feind? „Wahr di Garr, de Bur de kümmt!" So hatte es auch 1500 geklungen, in der für die Dithmarscher siegreichen Schlacht bei Hemmingstedt. Thede Ewekens stapfte neben Johann Tope gen Norden. „Warum haben wir Dithmarscher nicht mehr Berittene in unserem Aufgebot?" meinte er. „Ich traf in Hamburg einen Mann, der mir erzählt hat, viele Fürsten seien dabei, ihre Armeen umzuformieren. Die leichte Reiterei zu schaffen, sei das Ziel. Mann und Pferd würden von den schweren Rüstungen befreit. Die Reiter trügen nur noch leichte Brustpanzer. Die Truppen seien beweglicher geworden."

Johann Tope beachtete kaum, was Eweke sagte. Ihm war Änneke in den Sinn gekommen. Wo mochte sie nun sein. Er hatte sich nicht verabschieden können. Sie war so zärtlich gewesen in jener Nacht, die nun schon Tage zurücklag. Er hatte schon so manche Liebesnacht erlebt. Mit Änneke aber war es etwas Besonderes gewesen. Von ihr war eine Anziehung ausgegangen, die ihn bis heute gefesselt hatte.

Abgelenkt wurde er erst aus seinen Gedanken, als die Kolonne die ersten Häuser Heides erreichte, kleine saubere Katen mit Lehmwänden. Schon bald aber tauchten auch größere Gebäude auf, vor allem, als sie sich dem Marktplatz näherten.

An der Kirche, die die Häuser der Markt-Südseite überragte, hatten sich mit langen Spießen bewaffnete Männer versammelt. Einige hatten auch schwere Büchsen dabei. Schwerter trugen sie alle. Kein Mann ging in Dithmarschen ohne Schwert aus dem Haus. Unruhe schien die Menschen erfaßt zu haben. Hervorgerufen wohl von dem, was ein Mann vom Turm herunterrief. Wortfetzen davon konnte Johann Tope vernehmen, als sein Kampfhaufen an dem

Gotteshaus vorbeizog. „Norden“, hieß es da und „viele Reiter“. Auch Schüsse waren zu hören. Also stand fest: Dort wird gekämpft.

5

Die Sonne stand im Zenit. Sie brannte erbarmungslos auf die Landschaft nieder. Schweiß floß in Strömen bei Pferd und Mann. An der Spitze der etwa 50 Reiter, die von Norden her gen Heide zogen, ritt ein schlanker älterer Mann mit gespaltenem Vollbart, großer Nase und einem prächtigen Helm auf dem Kopf: Johann Graf Rantzau, der Feldmarschall des dänisch-holsteinischen Heeres, das Meldorf eingenommen hatte. Die Truppen waren danach wieder nach Albersdorf gezogen und nun im Anmarsch auf Heide.

Der Marschall hatte sich zur Vorhut gesellt, die an der Tielenau bei Tellingstedt die schwach besetzte Schanze überrannte. Rantzau gönnte seinen Reitern danach keine Rast. Er wußte, dass die Dithmarscher ihre Hauptmacht bei Hemmingstedt stationiert hatten. Der Name Hemmingstedt schien für sie magische Kräfte zu haben. Nun würden sie ihre Truppen nach Norden werfen, wenn sie erkannten, wohin der Stoß der Dänen und Holsteiner zielte. Da hieß es also Zeit gewinnen, um Heide bei möglichst schwacher Besatzung angreifen zu können.

Vor allem ging es darum, einen wichtigen Punkt vor den Dithmarschern zu erreichen: den Aubrückendamm bei Süderheistedt. Herzog Adolf von Gottorf, der inkognito Dithmarschen ausgespäht hatte, wußte zu berichten, diese schmale Stelle erlaube es, nur zwei Pferde nebeneinander über den Wasserlauf der Au zu bringen. – Gelinge es dem Feind also, sich hier festzusetzen, werde es schwer sein, gegen Heide rasch voranzukommen. Rantzau wollte deshalb den Übergang schnell besetzen, um den Weg für die ihm folgenden Reiterfähnlein offen zu halten.

Der Marschall beschattete die Augen und spähte nach vorn. Schon bald hatte er das Ziel erfaßt und ritt noch schneller. Ohne zu zögern folgten die beiden Vorreiter ihrem Führer über den Damm. Kein Posten, keine Befestigung war auszumachen. War das hier eine Falle? Steckten irgendwo Truppenteile des Gegners hinter den Buschgruppen, die sich über das ansteigende Gelände verteilten? Rantzau ließ anhalten, schickte einen Trupp nach vorne, um aufzuklären, und einen Melder nach hinten mit dem Befehl an die Truppe dort, sich zu beeilen.

6

Lange brauchte der Feldmarschall nicht zu warten. Da zogen sie heran, die Reiter des Regiments Oldenburg. Die Sonne blitzte auf den Brustharnischen und den Waffen. Der größte Teil der Soldaten trug moderne Reiterpistolen. Die Männer waren schon bei der Eroberung Meldorfs im Mai dabei gewesen. Graf Rantzau wußte um die Tapferkeit dieser Reiter. Ein Lächeln flog über sein Gesicht. Er winkte zu dem Zug der Krieger hinüber und wies mit dem rechten Arm in Richtung Heide, das nicht einmal mehr eine Meile entfernt lag.

Dem Zug vorweg ritten der Fähnrich und zwei Begleiter. Sie wußten, um was es ging. Die Dithmarscher waren nicht mit jenen Bauernhaufen zu vergleichen, gegen die in den Jahren 1524 und 1525 in Süddeutschland gekämpft worden war. Lose Haufen waren das damals, nur leicht armiert: Nein, die Dithmarscher kannten Wehrübungen und waren gut bewaffnet. Büchsen und Kanonen hatten sie in der für sie siegreichen Schlacht bei Hemmingstedt in großer Zahl erobert. Es hieß, sie hätten allein hundert Kanonen verschiedenen Kalibers zur Verfügung.

Der Feldmarschall hatte andere Gedanken angesichts der vorbeiziehenden Truppe. Gestern noch hatte es Meuterei gegeben wegen der Beute. Jeder hatte nach einem möglichst großen Anteil an Beute aus den Kämpfen um Meldorf und das südliche Dithmarschen, das sie hier den Süderstrand nannten, verlangt.

Die Dithmarscher sahen ihre Freiheit bedroht, die persönliche und die des Landes. Sie schien ihnen ihr höchstes Gut. Sie hatten sich hart zur Wehr gesetzt.

Der letzte Mann der Oldenburger ritt gerade über den Damm, der die Au durchquerte, da sprengte ein Reiter heran an die Gruppe, in der Feldmarschall Rantzau stand. Er meldete, die Hauptmacht sei im Anmarsch. Mit den Regimentern Scheneweis, von Walde, Wallertum und von Halle, den Hoffahnen und der Artillerie. Die Spitze habe Herzog Adolf übernommen, meldete der Bote.

In flottem Trab strebte der erste Pulk Reiter, der mit dem Feldmarschall über die Au gekommen war, die Anhöhe hinan. Kaum hatten sie den höchsten Punkt erreicht, schlug ihnen Büchsenfeuer entgegen. Rauchwolken stiegen neben der Straße nach Heide auf. Mündungsfeuer blitzte auf. Auch Kanonen mischten sich in den Gefechtslärm ein. Das Hennstedter Kontingent der Dithmarscher rückte an. Es hatte mit den anderen Einheiten bei Hemmingstedt gestanden und wurde nun rasch nach Norden geworfen.

Ehe die Einheit sich jedoch in Gefechtsordnung präsentieren konnte, waren die dänischen Reiter schon heran und hauten mit ihren Schwertern auf das Fußvolk und die Geschützbedienungen ein. Ein Kampf Mann gegen Mann begann, wobei die Berittenen klar im Vorteil waren. Hier standen nicht mehr schwerfällige Ritter im Gefecht. Nein, geschulte Reitersoldaten wußten ihre Waffen zu handhaben und ritten einen Teil der Gegner einfach nieder. Das Feld bedeckte sich mit Toten und Verwundeten. Wer floh, wurde bald erwischt, niedergehauen oder mit der Reiterpistole erledigt.

Doch schon bald hatten die Dithmarscher sich wieder zum Kampf gestellt, als sie merkten, daß Hilfe nahte. Von Heide her zog ein neuer Haufen heran. Fahnen flatterten im Wind. Wilder Trommelwirbel erklang. Aber auch die Gegner erhielten Verstärkung. Dänische Reiter und mehrere Fähnlein Landsknechte zogen die Anhöhe herauf. Eine wabernde Staubwolke ließ erkennen, dass hier eine große Streitmacht auf dem Weg ins Gefecht war. Ein neuer Abschnitt im Kampf um den Zugang nach Heide bahnte sich an.

7

Einen Augenblick schwiegen die Waffen. Der Pulverdampf verzog sich. Die Ruhe nach dem wütenden Waffengang wirkte gespenstisch. Erholung von den Anstrengungen war kaum möglich. Die Sonne brannte erbarmungslos vom Himmel. Der Wind, der vorher noch für eine leise Brise gesorgt hatte, war eingeschlafen. Die Dithmarscher hatten den ersten Teil des Treffens klar verloren. Über das Feld verstreut lagen 300 Tote. Wer überlebt hatte, zog sich in das angrenzende Moor zurück oder suchte Anschluß an die vorrückenden Fähnlein, die aus Heide nahten.

Erhebliche Verluste erlitten aber auch die dänischen Reiter, die sich um ihren König geschart hatten. Friedrich II. hätte die Schlacht nicht überlebt, wäre sein Begleiter Bertram von Ahlefeldt nicht auf den Dithmarscher losgegangen, der auf den König angelegt hatte. Ahlefeldt selbst wurde von der dem König zugedachten Kugel getroffen und vom Pferd geworfen. Ehe der Dithmarscher wieder laden konnte, wurde er vom König niedergeritten.

Dem dänischen Edelmann Erich Podebusk konnte er jedoch nicht helfen. Ein baumlanger Dithmarscher mit feuerrotem Bart stieß diesem den Spieß in die Rippen. Auch Andreas Fries, einen beliebten Führer der dänischen Garde, erwischte es. Er bezahlte den Versuch mit dem Leben, den dänischen Marschall Jens Truidson aus einem Pulk von Kämpfenden herauszuhauen. Dem Marschall hatte ein Gegner den Spieß in die Seite gerammt. Mehrere Reiter, die dem Schwerverletzten helfen wollten, wurden getötet, unter anderen des Marschalls Vetter Niels Truidson.

Die Dithmarscher marschierten mit ihrem zweiten Kontingent schneller als erwartet heran. Die Dänen waren noch dabei, ihre Toten und Verwundeten zu sammeln, da setzte dumpfer Trommelschlag ein. Es war, als trieb der Durst nach Rache die Dithmarscher voran. Ihren leiblichen Durst hatten nicht wenige von ihnen offenbar schon gestillt. Rauhe Gesänge und Drohrufe klangen auf.

Marschall Rantzau übersah die Lage. Er zog seine Reiter zurück, um sie zu einem Gegenschlag zu sammeln. Die Kader des angeschlagenen Fußvolks ließ er stehen. Auf sie traf die volle Wucht von neun Fähnlein Dithmarscher. Voller Haß warfen die Bauern sich auf die Landsknechte. Die Luft bebte vom Stampfen der heranmarschierenden Krieger wie vom Donnern der Kanonen und der Büchsen. „Freiheit für Dithmarschen!“, klang es auf. Stoßgebete stiegen zum Himmel: „Herr, hilf uns gewinnen. Maria milde, gib uns den Sieg.“

Die ersten Reihen der Dänen lösten sich auf. Die Front bröckelte. Immer wieder stießen die Dithmarscher nach. Dann brach die Phalanx ein. Die Dithmarscher stürmten voran. Sie legten dann aber eine kurze Pause ein, als sie bemerkten, dass die Reiter sich neu formiert hatten und ihnen Verstärkung zugeführt wurde.

Herzog Adolf, der sich mit den Reitern zurückgezogen hatte, beobachtete das Kampfgeschehen voller Unruhe. Er hatte kein gutes Gefühl. Er wußte um die Kampfkraft der Gegner. Die Dithmarscher liebte er nicht. Ihr Land aber hätte er gerne erobert, und von ihrem Reichtum hätte er gerne profitiert. Die vergangenen Stunden hatten ihn in Schweiß gebracht. Deshalb beschloß er, sich einiger Teile seiner Rüstung zu entledigen.

*

Johann Tope war der Gruppe vorangeprescht, die den Fliehenden folgte. Er verschnaufte kurz hinter einem Busch. Leise Geräusche ließen ihn aufhorchen. Vorsichtig bog er die Zweige auseinander, die ihm die Sicht verbauten. Er glaubte seinen Augen nicht. Knapp ein Dutzend Schritte von ihm entfernt hielt ein Reiter, umgeben von einigen Kriegsknechten. Der Mann mit dem schmalen Gesicht, der hohen Stirn und einem Bärtchen unter der Nase war prächtig gekleidet. Ein großer Federbusch zierte den Helm. Er entledigte sich der Rüstung. Offensichtlich war ihm zu heiß geworden.

„Herzog Adolf von Gottorf“, ging es Tope durch den Sinn. Als sei diese Erkenntnis die Zündung für einen Entschluß gewesen, schoß der Dithmarscher hinter dem Busch hervor, sprang dem Herzog einige Sätze entgegen und stieß ihm die Hellebarde in die Seite. Ehe er jedoch zum zweiten Mal zustechen konnte, drangen die Kriegsknechte auf ihn ein. Eine Zeit lang konnte er sich die wütend auf ihn einschlagenden Männer vom Leib halten. Doch dann wurde er schwächer und mußte manchen Schlag und Stoß hinnehmen. Bevor er jedoch restlos außer Gefecht gesetzt wurde, war Thede Ewecke mit seinem Trupp heran. Die Bauern fielen über das Gefolge des Herzogs her. Nur mit Mühe gelang es, den Fürsten auf sein Pferd zu heben und seinen Rückzug zu decken.

Wie Tope nach Heide gekommen war, daran konnte er sich nicht erinnern, als er am Markt in die Nähe der Kirche im Schatten einer Linde erwachte. Zuerst hatten ihn wohl Männer aus der Kampflinie getragen und ihn dann auf ein Pferd gebunden. Jedenfalls lag er nun da, von Schmerzen geplagt, blutend und wütend darüber, dass er als Kämpfer ausfiel.

8

Grimmige Schmerzen rissen Herzog Adolf aus dem Dämmerzustand, in dem er gelegen hatte, seitdem sein Leibarzt ihm einen Trunk gegen Schmerzen verabreichte. „Wie steht die Schlacht?" lautete seine erste Frage. Den erfahrenen Krieger, der auf vielen Schlachtfeldern Europas gefochten hatte, interessierte sein eigenes Schicksal weniger. Er wollte wissen, ob sein Schachzug, der ihn auf seinem Lebensweg voran bringen sollte, diesmal gelang.

Erfolg war für ihn wichtiger als eigenes Wohlergehen. Sein kleines Fürstentum sollte zu mehr Geltung kommen. Die Wege dazu waren ihm gleichgültig. Er hatte es mit Diplomatie versucht, ohne viel Erfolg. Er hatte sich eingereiht in die Bewerber um die Hand der englischen Königin Elisabeth. Leider hatte die edle Dame mit dem spröden Charme und dem rötlichen Haar nicht angebissen. Immerhin hatte sie wohl Achtung vor ihm. Die „jungfräuliche Königin" hatte dem Herzog zusammen mit der Abweisung des Heiratsantrags ihren höchsten Orden zugesandt. „Weshalb?" soll der Herzog das kommentiert haben: „Ich habe ihr doch nichts getan."

Nun aber sollte ein Krieg dem Herzog das Glück bringen. Allein konnte er das nicht schaffen. Die Dithmarscher zu bezwingen, war eine harte Nuß. Herzog Adolf verbündete sich daher mit Dänemark, Holstein und Hadersleben. Zusammen konnten sie einen respektablen Heerhaufen aufbieten. Damit lagen sie nun vor dem Hauptort Heide. Würde es gelingen, den Feind hier zu besiegen?

Adolf fühlte den Schmerz die linke Körperseite heraufziehen, die der Spieß des Dithmarschers Johann Tope ihm aufgerissen hatte. Er war nicht der erste Fürst, den Dithmarscher in den Kämpfen der vergangenen drei Jahrhunderte so zugerichtet hatten. Sie wußten sich zu verteidigen. Sie nur als grobe Bauern einzuschätzen, war gewiß falsch.

Der Herzog stöhnte auf. Sofort stand ein Diener an seiner Seite und fragte nach dem Begehr. Auf den Wink des Hofmarschalls tauchten Männer auf, die Getränke brachten. Ein Chirurg war da, der die Verbände erneuerte. Der Marschall selbst informierte den Verletzten über den Stand der Schlacht, deren Getöse von Süden her auch in das Dorf herüberklang, in das man den Herzog in einem verdeckten Wagen gebracht hatte. Da Rückwirkungen auf die Moral der Soldaten befürchtet wurden, geschah das möglichst geheim.

Das Gegenteil von dem, was befürchtet wurde, war der Fall gewesen. Die Kunde von der Verletzung Adolfs verbreitete sich sehr schnell. Die Wut packte die Soldaten. Sie traten erneut zum Angriff an. Die Dithmarscher wurden auf den Ortsrand von Heide und die Schanze an der Süderhamme zurückgedrängt. Die Felder bedeckten sich mit Toten und Verletzten.

Der Hofmarschall hatte also gute Nachrichten für den Blessierten, der sich sichtlich erleichtert zeigte. Offenbar ging der Schlag gegen die Dithmarscher diesmal nicht ins Leere, wie im Februar des Jahres 1500, als Dänen und Holsteiner im Schlamm vor Hemmingstedt versanken, geschlagen, geschändet und vernichtet. Die guten Nachrichten schienen den Verletzten zu beruhigen. Er entspannte sich und schlief ein.

9

„Wo bin ich?“ Diese Frage stellte sich Hannes Held, der aus einer schweren Ohnmacht erwachte. Um ihn herum schien alles dunkel und doch war es nicht kalt wie in der Nacht. In seinem Kopf brummte es, Schmerz packte ihn, sobald er sich bewegte. Wo befand er sich nur? Seine Gewänder fühlten sich naß an. Bruchstückweise kehrte seine Erinnerung zurück. War er nicht in den Krieg gezogen? Da war doch ein breitschultriger, bärtiger Mann gewesen. Held hatte ihn mit dem Kurzschwert niedergeschlagen. Dann sprengte plötzlich ein Reiter heran und stach und schlug auf ihn ein. Einen fürchterlichen Schlag auf den Kopf hatte der Dithmarscher verspürt, danach war es dunkel um ihn geworden.

Neben Hannes Held stöhnte ein Mann laut auf. „Wer bist du?" wisperte der Dithmarscher. „Was bedrückt dich in der dunklen Nacht?" – „Nacht?" flüsterte der andere zurück. „Hast du Nacht gesagt? Spürst du denn nicht, wie heiß die Sonne vom Himmel brennt. Siehst du den Schwarm der Krähen am Himmel nicht? Er wird immer größer. Die schwarzen Vögel wittern reiche Beute. Durst, nichts als Durst", klagte er dann noch.

Der Mann, ein Landsknecht in dänischem Dienst, hatte Schwierigkeiten, die Worte zu formen. Die geschwollenen Lippen versagten ihm den Dienst. Schließlich verstummte er ganz. Der Tod hatte ihm die haarige Gurgel zugedrückt. Hannes Held fragte noch ein paar Mal: „Kamerad, wer bist du? Ist es Nacht, wird es nicht bald Tag?" Eine Antwort bekam er nicht.

Hätte der Dithmarscher sich selbst sehen können, wäre ihm klar geworden, warum es für ihn dunkel war. Quer über den Kopf lief eine große Wunde. Die Augen waren zugeschwollen. Der Blutverlust mußte ihn entkräftet haben. Für ihn blieb es dunkel. Von Zeit zu Zeit waren Schreie zu hören, von dort, wo sich wahre Berge von Toten und Verwundeten auftürmten. Dithmarscher, Dänen und Holsteiner lagen wirr durcheinander. Aber es wurde immer leiser.

Die Schlacht war weiter gezogen. Die Sonne sank und warf ihr Abendrot auf die erstarrten Gesichter der Toten. Die Blässe der Nacht und das Dunkel auf der Erde traten jedoch immer mehr in den Vordergrund. Wie ein dunkles Tuch verwischten sie die Spuren des Grauens und der Vernichtung. Sie beherrschten Zeit und Raum. Der Himmel allerdings war blank. Nur wenige blaßblaue Wolken durchwanderten den Lichtteppich der Milchstraße. Weder Gott noch Satan meldeten sich.

Ein Reiter, der dem König Meldung bringen sollte vom Erfolg

seiner Truppen, meinte zu seinem Begleiter: „Laß uns schneller reiten. Das hier ist ja nicht zu ertragen.“ – „Wenn die Sonne wieder kommt, wird es noch schlimmer sein“, erwiderte der andere. „Dann ist der Gestank nicht mehr auszuhalten.“

Nicht weit vom Weg lag ein Landsknecht in wildem Schmerz, aber bei klarem Bewußtsein. Er schaute zum Himmel auf und murmelte: „Mein Weg geht zuende.“

10

Ein fürchterliches Krachen riß Änneke aus ihrem tiefen Schlaf. Wie lange hatte sie im Halbdunkel auf der harten Pritsche gelegen? Was bedeuteten die Geräusche, die durch die Luken hereindrangen? War das ein schweres Gewitter, vielleicht das durch die Himmelserscheinung angekündigte Unwetter?

Fragen über Fragen stellte sich die junge Frau in der Kellerzelle. Erneut krachte es laut. Nein, ein Gewitter war das nicht. Es klang ganz anders, und waren nicht auch Stimmen zu hören? Was draußen vorging, blieb der Gefangenen verborgen. Dänische Reiterei hatte sich aus dem Getümmel der Schlacht vor Heide gelöst. Die Reiter waren in die Straße von Norden her hereingeprescht in den Ort. Sie wurden von den Dithmarschern aus den Häusern heraus mit Büchsen unter Beschuß genommen.

Auf dem Markt stand eine Kanone bereit, die in die Straße nach Süderheistedt hineinfeuerte. Ein erbitterter Kampf tobte, bei dem die Verteidiger schließlich die Oberhand behielten. Die Reiter zogen sich zurück. Sie warfen Feuer in die Häuser und schossen in die Reetdächer, die in Flammen aufgingen. Dichter Qualm hüllte Angreifer und Verteidiger ein und nahm ihnen die Sicht. Einige Dänen, deren Pferde erschossen worden waren, suchten in Häusern Schutz, die nicht von Dithmarschern verteidigt wurden.

Änneke lauschte hinaus. Es polterte im Haus. War es nicht, als ob jemand die Treppe herab käme? Sie hörte Stimmen vor der Tür. Die Nerven waren bis zum Zerreißen gespannt. Jemand hantierte am

Riegel. Änneke sank in die Knie. Knarrend öffnete sich die Tür. Zwei Männer betraten die Zelle, Reiterpistolen in den Händen. Sie flüsterten sich in einer Änneken unverständlichen Sprache etwas zu. Einer von ihnen, ein kleiner gedrungener Kerl mit einem roten Stoppelbart und langem Haar, das unter einem großen Hut hervorquoll, packte die junge Frau. Sie sprang auf und versuchte, sich zu wehren. Doch der Griff des Soldaten war hart. „Laß mich!" schrie sie. Ihre Stimme zitterte. Doch urplötzlich ließ der Griff des Mannes nach. Ihr Peiniger sank zu Boden.

Eine Stimme, die sie aufhorchen ließ, flüsterte erstaunt: „Änneke!" Sie sah sich um und erkannte Johann Tope und Thede Ewekens, beide mit Kurzschwertern bewaffnet, mit denen sie die beiden dänischen Reiter niedergestochen hatten. Aber wie sahen die beiden Dithmarscher aus: Die Kleidung war zerfetzt und voller Blut. Schmutzige Verbände ließen erkennen, dass sie schwere Wunden im Kampf davongetragen hatten.

Tope erschrak. Diese Frau, die für ihn alles in der Liebe bedeutete, saß in einer Kellerzelle. Ihre Gestalt, ihre Persönlichkeit, die ihm in vielem Rätsel aufgab, hatte ihn in den vergangenen Tagen immer wieder beschäftigt, hatte seine Phantasie bewegt, ihn in seinen Träumen beherrscht.

Beide, Änneke und Johann, brauchten eine Schrecksekunde, ehe sie aufeinander zugingen und Küsse austauschten, erst zaghaft, weil keiner dem andern wehtun wollte, dann aber doch leidenschaftlich. An der Kirche war es Eweke und Tope zu unsicher geworden. Sie hatten Schutz in einem Haus gesucht und so Änneke gefunden.

11

Änneke lehnte an dem Apfelbaum, der an der Ostecke des kleinen Hauses stand, in dem sie sich mit Johann Tope verborgen hielt. Der lauwarme Sommerwind strich von Westen heran. Trotzdem fröstelte die junge Frau bei dem Gedanken an das, was sich jetzt in Heide abspielen mochte. Dort, wo der Ort lag, war der Himmel blutrot gefärbt. Manchmal schossen Flammengarben auf. Zusammen mit schwarzen Rauchwolken bildeten sie ein wildes Szenario.

Der Ort, der seit 1434 immer mehr zum Zentrum Dithmarschens geworden war, stand in Flammen. Als die Nacht hereinbrach, hatten Dänen und Holsteiner den größten Teil Heides erobert. Feldmarschall von Rantzau befahl jedoch den Abzug in das Autal. Er war der Meinung, der weitere Kampf zwischen den brennenden Häusern könnte für seine Truppen zu gefährlich sein. Er ließ auch das noch anzünden, was bis dahin nicht von den Flammen erfaßt worden war. Strategisch war der Ort ohnehin nicht mehr viel wert. Er lag in Trümmern, die Schanze an der Süderhamme war in der Hand der Angreifer. Der Turm der Kirche, auf dem ein Priester als Beobachter gesessen hatte, wurde gesprengt.

Änneke seufzte und dachte an die Flucht aus dem verwüsteten Ort. Johann Tope konnte nicht mehr kämpfen. Seine Wunden behinderten ihn zu sehr. Man hatte ihn auf ein Fuhrwerk geladen, das den Ort in Richtung Westen verließ. Hier lag versteckt in einer Moor- und Buschlandschaft ein kleines Gehöft, das einer Tante von Änneke gehörte. Hier fanden sie und Johann Tope Unterschlupf. Die Tante verstand sich auf Heilung von Wunden und Krankheiten. Sie reinigte Johann die vereiterten Wunden und gab ihm einen Trunk, der ihn in Schlaf versetzte. Änneke aber fand keine Ruhe, sie hielt es in den engen Räumen nicht aus.

Es mögen Stunden gewesen sein, die sie im Dunkeln verbrachte, bis die Kälte sie zwang, nach innen zu gehen. Am nächsten Morgen stürzte Änneke gleich wieder nach draußen. Der Duft von blühendem Klee wehte herüber. Aber war da nicht noch etwas anderes? Ein Hauch von Brandgeruch mischte sich hinein. Dort, wo in der Nacht noch der grellrote Feuerschein von der Vernichtung Heides gekündet hatte, stiegen nun grauschwarze Rauchschleier auf.

Änneke legte sich ins Gras. Sie blickte mit großen Augen in den Himmel, als gäbe es dort Trost in ihrer Lage. Schritte ließen sie aufhorchen. Da nahte offenbar ein Mann. Hatte man sie entdeckt? Vorsichtig richtete sie sich auf. „Eweke“, jubelte sie und rannte auf den Mann zu, der sie offenbar erfreut und überrascht anblickte. Die Spuren des Kampfes, die seine Kleidung noch vor zwei Tagen trug, waren verschwunden. Er trug einen breitkrempigen Hut, der offenbar vorher einem dänischen Reiter gehört hatte. „Woher kommst du, Thede?“ hauchte Änneke. „Bist du allein?“

Eweke aber stellte erst selbst eine Frage, bevor er antwortete: „Wo ist Tope?“ – „Hier im Haus und damit hoffentlich in Sicherheit“, antwortete die junge Frau. „Kann sein“, meinte Eweke. „Der Kampf scheint beendet. Ich komme von Wöhrden. Dort tagen die Regenten. Sie wollen kapitulieren, haben bereits Pastoren als Botschafter an den König und die Herzöge geschickt. Eine Schande ist das. Der Mut der Dithmarscher scheint eingetrocknet.“ Als die beiden den dunklen Raum betraten, in dem der Verwundete sein Lager hatte, wälzte er sich gerade auf dem Bett. Er lag wohl im Schlafe, seine Träume aber mögen sich mit dem Kampf um das Land befaßt haben. Deutlich hörbar, seufzte er: „Freiheit für Dithmarschen.“

Die Wunden der beiden Männer schlossen sich verhältnismäßig schnell. Änneke war eine gute Pflegerin. Sie kannte das Rezept, das ihre Großmutter immer gemixt hatte, um Verletzungen zu heilen, die sich die Männer im Kampf oder beim Deichbau zugezogen hatten. Frauen waren oft zu ihr gekommen, um sich beraten zu lassen über Krankheiten, die in der Familie auftraten.

Änneke hatte alles besorgt, was sie für eine deftige Wundsalbe brauchte. In einem Topf hatte sie ein Pfund Schweineschmalz mit Alaun, einem Lot Honig, Salpeter und Thoriak gemischt. Dazu kam dann noch etwas Kampfer, mäßig erhitzt, gab das eine Masse von eigenartigem Geruch und hellgrüner Farbe. Damit bestrich sie die Wunden der beiden Männer, die auf ihrem Lager vor sich hindösten.

Durch die Fenster fiel der Abendschein. Ein Teil des Raumes lag schon im Halbdunkel, nur die Gläser auf dem Tisch spiegelten etwas von dem Licht, das von draußen hereinfiel. Das war die Stunde, in der Änneke gerne vor sich hinträumte. In der sie an ihre Kindheit dachte. Ihr Vater war zur See gefahren und nicht wiedergekehrt. Er hatte oft ihr blondes, weiches Haar gestreichelt, ihr in die grünlich schimmernden Augen geschaut und bedächtig gesagt, so als denke er sehr intensiv nach: „Weißt du, eine Tochter, die aussieht wie du, ist für einen Vater ein beunruhigender Schatz. Ist sie noch klein, plagt einen die Angst, dass sie verführt wird. Wird sie größer, weiß man nie, ob sie nicht zur Hure gedeiht. Schließlich bleibt noch die

Sorge, dass sie keinen Mann findet. Auch bereitet es Kummer, wenn sie verheiratet ist und keine Kinder bekommt."

Änneke dachte etwas traurig: „Nun, was aus mir wird, dürfte er wohl nie erfahren." Sie stand auf, um ein Licht anzuzünden.

12

In Süderheistedt lag ein anderer Verwundeter der Schlacht um Heide in einem der größten Bauernhöfe auf einem feudalen Lager. Herzog Adolf von Gottorf, dem Johann Tope eine schwere Verletzung beigebracht hatte, stöhnte auf, als sein Chirurg ihm die Verbände abriß, um die Wunde zu untersuchen. „Es sieht gut aus", meinte der Medizinmann. Der Herzog nickte kurz und ließ sich nicht weiter stören in seinen Gedanken.

War es nicht leichtsinnig gewesen, den Brustpanzer abzulegen, nur weil ihm ein wenig heiß geworden war? Einen kleinen Augenblick hatte er falsch reagiert und dafür eine böse Verletzung eingefangen. Er war zwar als Draufgänger bekannt, zugleich aber auch als ein vorsichtiger Mann. Dies war sein Krieg, er hatte ihn sorgfältig geplant. Dass es ihn so erwischen würde, hatte er nicht erwartet. Aber in irgendeinem Punkt war Dithmarschen eben immer unberechenbar. Zum Glück hatten seine Soldaten nicht den Mut verloren, als es hieß: „Der Herzog ist verwundet."

Ganz im Gegenteil hatte Reiter und Fußvolk die Wut gepackt. Sie hatten doppelt zugeschlagen. Herzog Adolf hatte alle Eigenarten des Landes ausgespäht. Er hatte Dithmarschen von Norden bis zum Süden bereist, inkognito natürlich. Ein Schmunzeln schlich sich ihm auf die Lippen, als er an Einzelheiten dachte, an eine Liebesnacht mit einer Wirtin in Heide zum Beispiel. Sie hatte gesagt, sie sei eine Nachfahrin jener Wirtin, die das erste Haus in Heide errichtet habe, eine Schankwirtschaft. Alle bisherigen Wirtinnen dieses Hauses hätten unehelich Töchter geboren. Offenbar war es in dieser „Dynastie" üblich, mit Gästen ins Bett zu steigen und uneheliche Töchter zu gebären.

Die Heiderin war ihm leicht auf den Leim gegangen. Eine andere aus dem Norden hatte ihn abgewiesen. Sie war schön, ja begehrenswert gewesen. Die Sonnenstrahlen hatten mit ihrem hellblonden, weichen Haar gespielt. Er hatte nicht wiederstehen können, hatte „Änneke“ geflüstert und ihr einen Kuß aufgedrückt. Sie hatte sich abgewandt, gesagt „Ich gehöre einem anderen“ und war davongelaufen. Nur langsam war der Sturm seiner Begierde abgeflaut. Eine Art stiller Belustigung hatte ihn damals ergriffen. Eine Erkenntnis aber war geblieben. Er wandte sie auch auf seine gegenwärtige Situation an: „Adolf, du kannst nicht alles haben!“

*

Die Schmerzen seiner Wunde brachten Adolf auf andere Gedanken. Warum hatte es gerade ihn getroffen? War das eine Strafe? Er führte doch einen gerechten Krieg für eine gute Sache. Die Geschichte würde ihm doch sicher ein gutes Zeugnis erteilen. Auch waren viele Feldherren vor ihm dieser Meinung gewesen. Sie wollten die süße Frucht des Sieges für sich ernten und dachten nicht an eigenes Leid und Not, wie sie ihn nun ereilt hatten.

13

Das Fazit, das die beiden Männer und die junge Frau in der kleinen Hütte aus ihrer stundenlangen Unterhaltung zogen, war erschreckend. Thede Eweke hatte berichtet, was in den vergangenen Tagen in und um Heide geschehen war. Seine Stimme hatte manchmal gezittert, so wenn er voller Erschütterung von den vielen Toten erzählte, die er gesehen hatte.

„Wie konnte das passieren?“ fragte Johann Tope. Ihm war die Schwäche anzumerken, die von seinen Wunden herrührte. Spürbar war aber auch, wie sehr ihn alle diese bösen Nachrichten bedrückten und zu Herzen gingen. „Es gab wohl auch zu viele Feinde“, entgegnete Eweke. „17 000 sollen es gewesen sein. Sie waren plötzlich überall, die Dänen und die Holsteiner. Unsere saßen in Hemmingstedt, und als sie nach Norden zogen, wurden sie Zug um Zug aufgerieben. Hattest du erwartet, dass die Feinde von Norden her angreifen würden? Sie gehen den gleichen Weg wie im Jahr 1500, wurde uns doch gesagt. Das stimmte anfangs ja auch, erst Albersdorf, dann Meldorf, genau wie damals. Dann aber brachen sie von Norden herein." – „Tausende tapferer Männer können einen tüchtigen Feldherrn nicht aufwiegen", gab Tope zu bedenken. „Naja", stimmte Ewecke zu, „der Rantzau soll ja ein schlauer Bursche sein."

„Was wirst du morgen tun?" wollte Änneke nun wissen. „Morgen beim Schwur, meinst du? Ganz einfach, ich werde nicht dabei sein. Mein Begriff von Freiheit verträgt sich nicht mit einem Schwur auf Treue zu einem König oder Herzog. Schon gar nicht, wenn er aus Dänemark oder Holstein ist."

Nach einer Weile des Nachdenkens fuhr er fort: „Dithmarschen, dies schöne Fleckchen Erde, das schönste für mich weit und breit, sollte uns allen gehören. Kommen wir nicht alle nackt zur Welt? Aber was macht man mit uns? Von Geburt an werden wir irgendwie zugeordnet. Von Beginn an wird versucht, uns eine Kette um den Hals zu legen, wird uns der Trank der Freiheit verweigert, den Gott für alle bereit hält. Die Menschen aber sind es, die sich anmaßend zum Verteiler dieser Köstlichkeit aufwerfen."

„Hast du eigentlich einmal darüber nachgedacht, dass es ja eigentlich keine dänischen Könige waren, die den Thron unserer nördlichen Nachbarn seit hundert Jahren besetzten, sondern Deutsche, die Dänemark regierten?" – „Ach, was macht das schon aus", meinte Änneke. „Herrscher regieren und befehlen. Das wird es also jetzt auch bei uns geben. Die alte Ordnung ist nicht mehr. Wir können nicht mehr über uns selbst bestimmen. Sie haben uns die eigene Freiheit genommen!" Den letzten Satz schrie sie fast.

„Ich habe noch eine Hoffnung", meldete sich Tope mit leiser Stimme. „Der Bauer zeigt eine gewisse Neigung im Erdulden, aber einmal wird auch das vorbei sein. Die Freiheit kommt wieder. Ich baue fest darauf." – „Aber wir müssen etwas dafür tun", schloß Eweke das Gespräch ab.

14

Auf den Trümmern eines Hauses in der Nähe der Heider Kirche hockte er, ein Junge, dessen Kleidung zerrissen und dessen Füße nackt waren. Das einzig Bemerkenswerte an ihm war die Flöte. Er hielt sie in der Hand, führte sie ab und zu an den Mund und spielte eine Melodie. Immer wieder erklang sie. Sie hörte sich an wie die Musik, mit der die Dithmarscher den „Langen Danz" begleiteten, bei dem sich alle einreihten und den Bewegungen des Vortänzers folgten. Aber Tänzer gab es hier nicht. Die Reiter und Fußsoldaten, die auf der Straße vorbeizogen, beachteten den Jungen kaum. Leichter Rauch stieg immer noch aus den zerstörten Häusern auf. Frauen und Mädchen waren dabei, Tote zu bergen und zum Gelände des Friedhofs an der Kirche zu bringen. Die Melodie, die der Junge immer wieder von Neuem begann, paßte so gar nicht zum traurigen Bild der Umgebung.

„Freiheit für Dithmarschen", damit war es nun zuende. Dem Zug der Sieger, der sich mühsam seinen Weg durch die mit Trümmern übersäten Straßen bahnte, zog vor dem Ort ein anderer Haufen entgegen. Die Verlierer waren ebenso auf dem Weg nach Lohe wie die Gewinner. Den Dithmarschern voran zogen die Regenten, die in Wöhrden getagt und die Kapitulation beschlossen hatten. Was mag in den Köpfen dieser sonst so stolzen Männer vor sich gegangen sein? Sie waren die Garanten der Freiheit des Landes gewesen, die nun zerschlagen worden war. Sie hatten hehre Ziele verfolgt, aber auch wohl nicht immer die Rauf- und Streitlust eindämmen können, die sich wie ein roter Faden durch die Geschichte der Bauernrepublik an der Nordsee zog. Mag sein, dass dies bei den Dithmarschern zur Verblendung, zu Übermut, zu der Vorstellung geführt hatte, unbesiegbar zu sein. Hochmut könne zu furchtbarem Fall führen, hatte einer der Heider Pastoren noch vor kurzem gewarnt, nun blieb nur die Trauer.

Was war übrig von der stolzen Macht, die einst in den Jahren 1319, 1404 und 1500 die in das Land eingedrungenen Feinde blutig zurückgeschlagen hatte. Sogar die Trommeln hatten einen traurigen Klang, als die Dithmarscher auf das Feld zwischen Lohe und Rickelshof zogen, wo sie entwaffnet werden sollten. Manchem standen die Tränen in den Augen, als er sein Kurzschwert auf den dafür bestimmten Haufen warf. Alles, was den Männern an Waffen lieb und teuer gewesen war, mußte nun abgegeben werden: Beidhänder, Büchsen aller Art, die langen Spieße. In den Händen geübter Kämpfer waren sie wertvolle Gefährten im Kampf gewesen; auf einen Haufen geworfen, waren sie wertlos wie Plunder. Zehn Kanonen, die einzigen, die intakt geblieben waren, wurden in einer Reihe aufgestellt. Würden sie für immer schweigen?

Die Liebkosungen des Windes, der vom Meer herüberwehte und sie umschmeichelte, spürten die Dithmarscher nicht. Auch die Möwen, die mit klagendem Gekreisch am Himmel dahinsegelten, bemerkte kaum jemand von ihnen. Mit finsteren Blicken zogen die Männer in den von Reitern der Regimenter Schönewiese, Oldenburg, Wallerthum und von Wohlde gebildeten Kreis ein. Auch die Fußtruppen des Königs und der Herzöge waren zur Stelle, um mitzuerleben, wie die Gegner, die ihnen schwer zu schaffen gemacht hatten, auf den Knien um Gnade bitten und den neuen Herren Treue geloben würden.

Ein Fanfarensignal erklang. Die Fahnen der Regimenter wurden aufgerichtet. Eine Kavalkade ritt heran, an der Spitze die beiden Herzöge Adolf von Gottorf und Johann von Hadersleben. Ihnen folgten königliche Räte und hohe Offiziere. Der König von Dänemark war nicht dabei. Er hatte das Feldlager wegen dringender Geschäfte bereits verlassen. Herzog Adolf hatte sich mit der Karosse zum Platz des Geschehens fahren lassen und war dort erst in den Sattel gestiegen. Lange Ritte vertrug er wegen seiner Verwundung noch nicht.

Da knieten sie nun, die Dithmarscher, die geglaubt hatten, sie seien unbezwingbar. In dem von ihnen gebildeten Kreis hatten sich die Führer der Sieger postiert. In ihren prächtigen Gewändern strahlten sie Zufriedenheit und Überlegenheit aus. Das Angebot ihrer bäuerlichen Gegner zu kapitulieren, war für die Edlen aus Holstein, Schleswig und Dänemark so überraschend gekommen, dass einer von ihnen ausrief: „Gotts tausend, der Bauer will sich geben.“ Für sie hatte das Ergebnis des Krieges einiges wieder zurechtgerückt: Die Dithmarscher waren eben doch nur Bauern, sie selbst aber Edle, also Menschen, die etwas Besonderes vorstellten.

Auf dem Platz bei Lohe, an dem die Abnahme des Eides stattfinden sollte, knisterte die Luft förmlich vor Spannung. Da knieten 4000 Männer barhäuptig, um zu schwören, sie wollten künftig folgsame Untertanen sein. Diese viermal tausend hatten bisher als die wildesten Verfechter ihrer Freiheit gegolten. Nun saßen sie hilflos da, einen Ring schwer bewaffneter Reiter um sich herum, die nur auf einen Wink ihres Feldmarschalls warteten, um sich dann auf die Gedemütigten zu stürzen. „Werdet denn auch ihr das Gelöbnis achten", schrie der Geistliche Markus Wrange seine Befürchtungen zu den Fürsten hinüber. „Oder ist geplant, uns doch abzuschlachten oder überreiten zu lassen?" Mit zornrotem Gesicht richtete sich Feldmarschall Johann Rantzau im Sattel auf und schrie wütend: „Ihr wäret es zwar wert, dass man gegen euch derart wütete, aber dafür halten wir uns zu gut. Wir brechen unser Versprechen nicht."

Wrange empfand diese Zurechtweisung wie einen Keulenschlag. Die Wut über die Niederlage hatte sich schon seit Tagen in ihm aufgestaut. Nun hatte er sie rausgelassen, aber eine kalte Dusche kassiert. Der zweite Schlag ließ nicht lange auf sich warten. Er kam diesmal von Herzog Adolf. Als nach dem Schwur einen Augenblick Stille eintrat, rief er hönisch aus: „Nun geht nach Haus und laßt euch warmen Kohl vorsetzen." Die Dithmarscher quittierten diesen Zuspruch mit eisigem Schweigen. Bei den Reitern klang lautes Lachen auf.

15

Ein lautes Klopfen und Stampfen ließ die drei Leute in der Kate zusammenfahren. Wer hatte denn den Weg zu ihnen gefunden? War bemerkt worden, dass Tope und Eweke beim Schwur nicht erschienen waren? Ehe sie ihre Fragen beantworten konnten, stand eine massige Gestalt in dem kleinen Raum, der alles für die Bewohner war, Wohn- und Schlafzimmer sowie Küche.

„Pastor Wrange? Wie kommt ihr hierher?" Eweke zeigte sich

überrascht. „Superintendent", berichtigte Änneke. „Laßt man den Superintendenten, Pastor genügt", meinte der Angesprochene. Dann fügte er hinzu: „Dachte ich mir doch, dass sich hier jemand verkrochen hat in der Wildnis, zu der kaum Weg und Steg führen. Ich vermißte euch beim Schwur." – „Und ihr, habt ihr den Eid geleistet?" wollte nun Eweke wissen. „Nein, wir Geistlichen sind gesondert dran. Die neuen Herren hoffen wohl, wir würden es vorziehen, als besondere Kaste aufzutreten. Mit der Freiheit soll auch wohl die Gleichheit gestorben sein. Die Sieger haben ja eine tolle Liste aufgestellt. Nicht nur Kriegskosten sollen die Dithmarscher zahlen; auch die Waffen abzuliefern, genügt nicht. Das Land soll in drei Teile zerrissen werden. Die Regenten haben nichts mehr zu sagen. Alle einst eroberten Fahnen und Beutestücke sind zurückzugeben. Steuern sollen wir künftig zahlen. Ach, die Liste der Lasten ist ja so lang. Stellt euch einmal vor, die Kriegskosten betragen allein 600 000 Gulden. Wer zahlt sie? Dithmarschen. Um Verzeihung bitten, war das je Art der Dithmarscher?"

Wrange redete sich in Wut. Sein Gesicht rötete sich. Tope richtete sich auf und versuchte sein Lager zu verlassen. „Bleib ruhig liegen", meinte Wrange. „Reden kann man auch im Liegen." – „Nichts wird mehr sein wie in alten Zeiten", schaltete sich Eweke ins Gespräch ein. Wrange erwiderte: „Die alten Zeiten, die du erwähnst, kannten die schweren Bedingungen der Gegenwart noch nicht, mein Freund. Es tut Not, über das Entschwundene nachzudenken."

Er schwieg eine Weile, dann meinte er: „Am besten bleibt ihr erstmal hier im Verborgenen. Mag sein, dass ihr euch hier einsam fühlt. Aber Einsamkeit ist ein gutes Klima für Menschen in eurer Lage."

„Es ist hier fast wie im Gefängnis", warf Änneke in die Debatte. Sie dachte schaudernd an die Tage im Kerker in Heide zurück.

Wrange sah sie lange an. „Das Leben scheint einem oft wie ein Gefängnis. Überall treten Einschränkungen auf. Überall sieht man Gitter." Dann sah der Pastor die beiden Männer an. „Wartet noch eine Weile mit der Rache, auch wenn der Haß euch treibt. Vor dem Griff nach dem Schwert sollte die Überlegung stehen, ob nicht andere Wege gangbarer sind. Haß kann zwar zu ungewöhnlichen Leistungen anspornen, aber auch blind für gute Gelegenheiten machen. Ich komme bald wieder. Gott behüte euch!"

Wrange wandte sich um und ging. Schon bald hatte ihn die Nacht verschluckt. Er suchte sich den Weg durch das Dunkel. Hoch am Himmel zeichnete der Mond einen matten Lichtring, so als wolle er den Kummer, der über dem Land lag, nicht sichtbar werden lassen. War Wrange zunächst vorsichtig vorwärtstastend durch die Dunkelheit gegangen, wurde sein Schritt zunehmend fester. So erreichte er bald die Stelle, an der ein Vertrauter mit seinem Gespann wartete. Schweigend trat er die Heimfahrt an.

16

Wrange hielt sein Versprechen. Schon nach zwei Tagen fand er sich wieder in der „Wildnis" ein. Er zeigte sich umfassend informiert über die Vorgänge in Dithmarschen. Die Truppen des Königs und der Herzöge seien einer Meuterei sehr nahe gewesen, berichtete er. Die Bezahlung sei als zu gering empfunden worden für die Eroberung eines so reichen Landes, meinten die Kriegsknechte. Sie hätten sich mehr von dem Feldzug versprochen.

„Das wißt ihr ja selbst, die Habgier stirbt niemals aus", gab Wrange zu bedenken. „Und Landsknechte sind Nutznießer des Krieges und der Zwietracht. Meistens wird ihnen mehr versprochen, als nachher gehalten werden kann."

„Ja", entgegnete Johann Tope, „Frieden macht Reichtum, und der verführt zu Übermut. Demut wäre da manchmal besser am Platz. Aber Demut ist eben ein schlechter Gefährte für die Freiheit. Wer sie verliert, wird Untertan. Er kann zwar sein Handeln entschuldigen mit dem Satz: Mein König hat das so gewollt. Aber wer will denn das schon in unserem Land?"

Thede Eweke hatte bisher still in der Runde gesessen. Nun warf er ein: „Ach hört doch auf mit dem Geschwafel. Sagt lieber, was nun geschehen soll. Uns die Freiheit zu nehmen, war ein Frevel, der geächtet werden muß."

„Geduld mein Freund", schnitt Wrange ihm das Wort ab. „Wäre es vernünftig, sofort zu reagieren? Ich sage nein. Hier muß Vernunft walten. Sie gebietet, erstmal zu beobachten, wie es um unsere Sache steht. Wir haben keine Waffen mehr. Auch Verbündete fehlen. Ich habe schon meine Fühler ausgestreckt. Wäret ihr bereit, auch zu helfen?“

„Ihr würdet helfen wollen, Dithmarschen die Freiheit zurückzuholen?“ staunte Tope. „Ihr, ein Priester?“ – „Warum nicht?“ meinte Wrange. „Hat Gott nicht die Freiheit für alle Christenmenschen gewollt? Was ist das für eine Welt, in der es von einem Christenmenschen zum anderen heißen darf: Du gehörst mir! Hat Gott etwa die Leibeigenschaft gewollt? Wo das möglich ist, steht einiges nicht mehr in der göttlichen Ordnung.“

„Ihr geht aber ran“, staunte Änneke, die dem Gespräch mit wachsendem Interesse gefolgt war. „Ja, meine Liebe, es ist viel Haß unter den Menschen, völlig unnötig, wie mir scheint“, setzte Wrange seine Betrachtungen fort. „Was läßt der Haß nicht alles an Phantasien aufblühen? Was wir brauchen, wenn wir die Freiheit wiedergewinnen wollen, ist Realität in unseren Gedanken und Handlungen.“

„Übrigens, Änneke“, schweifte er plötzlich ab. „Zwei deiner Peiniger, die dich in den Butendiek gejagt haben, sind unter den Toten des Kampfes zwischen der Au und Heide. Man hat es mir erzählt. Nach der Unterzeichnung der Kapitulationsurkunden wurden die Unterhändler Dithmarschens über das Schlachtfeld geführt. Sie sollten begreifen, was sie angerichtet haben, hatte Herzog Adolf in seiner entsprechenden Anordnung gesagt. Grauenvoll soll es gewesen sein auf den Feldern, auf denen Freund und Feind in Haufen übereinander lagen, das hat mir Detlef Junge Johann aus Delve danach erzählt. Deine Peiniger Peter Martens und Onno Thedens habe er unter den Toten erkannt, versicherte mir später Thomas von Flehde.“

„Laß mich noch etwas zu dem Thema sagen, von dem wir vorhin sprachen“, meinte Wrange dann: „In allem was wir tun, laßt uns bei der Wahrheit bleiben. Denn wenn es eine Wahrheit gibt, die in die Herzen der Menschen von Gott hineingesenkt wurde, muß es ja auch wohl Gemeinsamkeiten für alle Menschen geben. Diese Überzeugung darf nicht untergehen.“

„Das alles ist doch nur Gerede, was soll denn nun wirklich geschehen, Herr Pastor? Das hätte ich gerne gewußt", ließ sich Eweke vernehmen. Seine Stimme war zunächst leise, wurde aber immer markiger. „Freiheit für Dithmarschen, das ist ein schöner Ruf fürwahr, aber ohne Waffenklang als Begleitung scheint er mir nur wenig wert."

Wrange hob den Kopf, seine Augen blitzten auf: „Das ist meine Meinung auch. Also, wie wäre es damit, wollt ihr meine Ansicht hören?"

„Man zu", brummte Eweke. „Nun gut, Waffen sind sicher noch irgendwo versteckt. Aber das dürften nicht viele sein. Es müssen also welche beschafft werden, moderne natürlich, denn das hat der verlorene Kampf bewiesen: Wir waren bei 1500 stehen geblieben, in der Taktik allemal, aber auch in der Bewaffnung."

„Merkwürdige Ansichten sind das für einen Geistlichen, meinen sie nicht auch Herr Pastor?" ließ sich Tope vernehmen, der seine Lethargie immer mehr ablegte. Wrange schmunzelte und meinte: „Ihr zwei seid die richtigen, um Waffen zu beschaffen. Ihr versteht davon etwas. Du Eweke, scheint mir, bist der Mann fürs Grobe. Du bist Seefahrer und weißt Bescheid, wo etwas zu holen ist.

Tope ist mehr der gewievte Organisator, der Kaufmann, der über Beziehungen verfügt. Ich weiß, dass er auch außerhalb des Landes Häuser hat von seinem Vater her. Wo Häuser sind, wird auch Geld sein. Was meint ihr, kann aus solchen Plänen etwas werden?" Er gab sich fröhlich und forderte Änneke auf: „Los Mädchen, rück mal etwas von dem Bier raus, das du gebraut hast. Bier beflügelt die Gedanken und fördert den Mut."

Es dauerte nicht lange, da saßen die drei Männer zusammen, und es schien, als schmiedeten sie Pläne, mit denen sie die Welt erobern wollten.

17

Änneke konnte nicht einschlafen. Das lag nicht daran, dass aus der Ecke, in der Eweke sein Lager hatte, leichte Schnarchtöne herüberklangen. Nein, die Gedanken waren es, die sie wachhielten. Es war so gut wie beschlossen unter den drei Männern der Runde, die bis Mitternacht zusammengesessen hatten: Eweke und Tope sollten Dithmarschen verlassen, um von außen her eine Befreiung des Landes einzuleiten und zu unterstützen. Im Inneren wollte Wrange dafür sorgen, dass der Wunsch nach Freiheit nicht einschlief.

Und was sollte aus ihr werden? Das war der Gedanke, der sie wachhielt. Ins heimatliche Dorf zurückkehren, das würde nicht gehen. Die Dithmarscher waren jetzt zwar Untertanen des Königs von Dänemark, des Herzogs von Hadersleben und von Gottorf. Sie hatten auf die neue Herrschaft einen Eid geleistet, ihren alten Sitten aber hatten sie nicht abgeschworen. Daran würde sich auch auf lange Sicht nichts ändern. Sie gehörte zu den Verfehmten, das stand fest. Sie würde gerne mit Tope gehen, ganz gleich wohin. Was aber würde der dazu sagen?

Änneke kam der Liebestrank in den Sinn, den ihre Mutter früher auf Wunsch für Menschen gemixt hatte, die jemanden fest an sich binden wollten. Änneke erinnerte sich, dass Farnsamen dazu gehörten, Bilsenkraut, Stechapfel, Krötenlaich, Mäusedreck und Spinnweben. Das alles wurde gründlich vermischt. Beschwörende Formeln hatte die Mutter dabei gesprochen. Danach wurde das Gemisch zu Bier, Saft oder Wein gegeben. Wer davon trank, soll in Liebe entbrannt sein, und zwar zu demjenigen, der das Gebräu überreicht hatte. Wer allerdings erwischt wurde bei der Herstellung eines solchen Liebestranks, galt als Hexe.

Änneke erhob sich von ihrem Lager. Sie öffnete die Haustür und war überrascht von dem Bild, das die Landschaft bot. Der Mond hing am Himmel wie eine Lampe. Mit rosigem Schein übergoß er Moor und Heide. Mit lautem Ruf zog ein Gänseschwarm nach Norden. Fasziniert schaute Änneke zum Himmel auf. Sie bemerkte zunächst nicht, dass Tope neben sie getreten war. Er küßte sie auf den Hals. Spontan drehte Änneke sich um. Sie zeigte sich überrascht.

Tope nahm sie in die Arme und küßte sie auf den Mund. Wie er das tat, verriet, über wieviel Kraft er schon wieder verfügte. Als sie die Augen zu ihm empor hob, strömte ihm Leidenschaft entgegen. Er streifte ihr das Hemd von den Schultern und führte sie zu ihrem Lager. Als sie nebeneinander lagen, hielt er einen Augenblick inne.

Er wußte, wie schön es war, den Höhepunkt gemeinsam zu empfinden.

Noch lange horchte er später auf ihren Atem, spürte ihren Körper neben sich. Er dachte an ihre heißen Küsse. „Männer suchen das Weib“, ging es ihm durch den Sinn. Sie sollten nicht gemein zu ihr sein, vielmehr in ihnen die Hüterinnen des Lebens achten.

Am nächsten Morgen war Wrange wieder da. Von den Einzelheiten, die nun besprochen wurden, erfuhr Änneke nichts. Sie merkte aber später, dass es auch um ihre Person gegangen war. „Du kommst mit mir“, hatte Tope gesagt, mehr nicht.

Ehe Wrange ging, legten die drei Männer die Hände ineinander und der Pastor begann:

Jedem sein Recht,
niemandes Knecht,
den Schwachen zum Schutz,
dem Starken zum Trutz.
Die Hand dem Freund,
die Faust dem Feind.
So wollen wir es halten,
Gott mög es walten.

18

Von nun an ging jeder der drei Männer seinen Weg so weiter, wie sie es in der kleinen Hütte am Moor besprochen hatten. Wrange versuchte, die Bevölkerung aufzurichten mit seinen Predigten. Immer wieder kam darin das Wort vor: „In deinem Unglück verzage nicht. In deinem Glück erhöhe dich nicht. Denn Gott ist der Mann, der alles wenden kann.“ Darin sah er auch die Mahnung, nicht nachzulassen in dem Glauben, dass es möglich sei, die Freiheit wiederzugewinnen.

Er ließ nicht nach, von der Kanzel herab den Leuten einzuhämmern: „Wir wollen nicht schwankend sein, wollen nicht nachlassen, nach der Süße des Lebens zu streben, nach der Freiheit für alle.“

Die Süße des Lebens suchte der Pastor und Superintendent vor allem auch im Alkohol. „He supet", sagte man von ihm. Der Bierkrug sei ihm ebenso lieb wie die Bibel, charakterisierten die Neuenkirchener ihren Seelenhirten. Sie hüteten sich, mit ihm in Streit zu geraten, wenn er getrunken hatte. Dann wurde er zum Grobian. In der Kirche mußten sie seine Tiraden allerdings schlucken, vor allem wenn er mit den reichen Bauern abrechnete, denen er vorwarf, ihr Wohlstand sei ihnen zu Kopf gestiegen. Die Sieger hätten ihnen ihren Besitzstand gelassen, rumorte der Pastor. Nun gäben die reichen Dithmarscher sich alle Mühe, in Kleidung und Gehabe Edelleuten zu gleichen und nicht Bauern.

Oft genug redete Wrange sich so in Eifer, dass er diesen danach in deftigem Bauernbier ertränken mußte. Dann seufzte er wohl auch mal, wie schwer es doch sei, ein Freiheitsheld und Seelsorger zugleich zu sein.

Zuweilen war Wrange über die Argumente erstaunt, die seine Landsleute in Gesprächen vorbrachten. Da blitzte dann und wann doch noch der Wunsch auf, wie die Väter in voller Freiheit zu leben. Als er einmal Clawes Carsten traf und ihn fragte, wie er es denn nun bei Strandungen von Schiffen halten würde oder sogar bei einer Prise, erhielt Wrange eine klare Antwort: „Herr Pastor", meinte Carsten, „ist das nicht auch von Gott gewollt, dass er uns an der Küste zuweilen Wracks und Prisen anliefert? Will er uns das nicht in die Hand geben? Unsere Vorfahren haben das gewußt und sich danach verhalten."

Wrange trat einen Schritt zurück und schaute den Mann mit großen Augen an. Dann meinte er wütend: „In welcher Zeit lebst du eigentlich. Seeräuberei ist das, was du da beschwörst. Sie ist längst zum Frevel erklärt. Die Menschheit will endlich Frieden."

„Frieden ja und Freiheit auch, so sagen viele jedenfalls", entgegnete Carsten. „Was aber ist wirklich dran? Was ist nur Gerede? Wenn wir in 500 Jahren unsere Erde wieder einmal besuchen könnten, was wäre dann? Ich wette mit euch, den Krieg werden wir immer noch vorfinden und die Knechtschaft auch."

Da waren also noch Funken, die angeblasen werden konnten. Da war noch etwas von der Wildheit der alten Dithmarscher. Leider war das wohl nicht mehr überall zu finden. Wrange seufzte bei dem

Gedanken. Er wußte zu genau, dass es auch Männer gab, die sich mit dem neuen System abgefunden hatten, die eher zur Ruhe neigten als zur Unruhe. Manchmal fiel es ihm wirklich schwer, seinen Standpunkt zu finden und ihn zu halten.

Clawes Carsten merkte, dass der Pastor nach Worten suchte und sie im Augenblick nicht fand. Er drehte sich um und stampfte davon. Wrange schaute ihm lange nach.

19

Änneke lehnte sich an Tope. Es schien, als träume sie. Seitdem sie Dithmarschen verlassen hatten, war alles ein wenig unwirklich. Hamburg hatte einen großen Eindruck auf sie gemacht. Sie war auch erstaunt gewesen, wie viele Menschen Tope kannten. Nun fuhren sie durch Heidelandschaft, über der ein unermeßlicher Himmel leuchtete. Das eintönige Rumpeln der Räder wirkte einschläfernd.

Ein Ort tauchte auf. „Das ist Bardowick", erklärte Johann Tope. Kleine Häuser duckten sich um ein eigenartiges Gotteshaus. An den Mittelbau schlossen sich zwei niedrige, gedrungene Türme an. Es sah aus, als seien sie angeklebt. Eine Inschrift „Vestigium leonis" bezeugte, daß hier ein Löwe seine Spuren hinterlassen hatte: Heinrich der Löwe, Herzog von Sachsen.

Schon bald verließen sie Bardowick wieder. Als sie eine Anhöhe erreichten, wurde die Silhouette eines anderen, offenbar recht großen Ortes sichtbar am Horizont. „Lüneburg, unser erstes Ziel", erklärte Tope diesmal. „Dort rechts ist der Kalkberg zu erkennen. Er trägt einen Wachtturm."

Aus dem Gewirr der Häuser ragten die Kirchen auf. „Was ist das dort, wo der Rauch aufsteigt?" wollte Änneke wissen. „Dort liegt die Saline. Dort wird Salz gewonnen. Unsere Familie hat auch einen Anteil daran. In der Nähe werden wir wohnen."

Je näher sie der Stadt kamen, desto deutlicher wurde alles. Änneke wurde immer neugieriger auf das, was sie erwartete. Johann wurde nicht müde, ihr alles zu erklären. „Sieh mal, das dort ist die Kirche St. Johannis. Wenn du genau hinschaust, wirst du erkennen, dass der Turm schief ist. Der Baumeister soll sich über diesen Fehler so geärgert haben, dass er sich von oben herab in die Tiefe stürzte."

„Tot?" – „Natürlich, bei der Höhe!"

Änneke fand schnell Gefallen an ihrem neuen Wohnort Lüneburg. Das Haus, in das sie eingezogen war, wies einige Bequemlichkeiten auf. Sie gewöhnte sich schnell an das Leben, das sie nun zu führen hatte, ging oft durch die Straßen, betrachtete die interessanten Giebel und die verschachtelten Dächer. Besonders am Stadtplatz „Am Sande" gab es eine Menge zu sehen. Gerne besuchte sie auch den Hafen an der Ilmenau. Dort war immer Leben um den hölzernen Kran mit dem Kupferdach. Salz wurde hier auf Kähne geladen. Andere Güter kamen in die Stadt.

20

Tope hatte etwas vor, das merkte Änneke einige Tage nach Ostern. Er tauchte immer wieder im Hof und in den Ställen auf, wo er sich Pferde und Wagen zeigen ließ. Er sprach lange mit den Knechten. Im Kontor hockte er mit Meister Himpe zusammen, einem älteren Mann, der für Familie Tope die Geschäfte in Lüneburg abwickelte. Die beiden lasen in langen Listen. Hier und da kreuzten sie Namen oder Artikel an. Es gab offenbar viel zu besprechen.

Mehr oder weniger oft hatte Johann Tope in den vergangenen Jahren die Stadt an der Ilmenau besucht. Es zog ihn immer wieder hierher. Hier lockte seine Geldquelle. Dithmarschen aber blieb seine Heimat. Wenn es dort Schwierigkeiten oder Not gab, war er immer zur Stelle, half mit Geld oder mit der Waffe in der Hand.

Als sie nach einem heißen Tag Kühlung in der Laube am Garten suchten, faßte Änneke Mut. „Du willst reisen?" fragte sie Johann. Der schwieg zunächst, nickte dann aber: „Nach Holland. Aber wenn du deshalb fragst, du kannst nicht mit. Ich weiß noch nicht genau, wie lange die Tour dorthin diesmal dauert. Außerdem geht es mit dem Wagen weit über Land. Ich möchte dir das nicht zumuten. Sei mir nicht böse."

Änneke antwortete nicht. Er sah sie an. Was mochte sie denken? Erriet sie vielleicht, was ihn in Holland erwartete? Sicher nicht. Jedenfalls nicht, daß es dort Margriet gab, die mit moralischen Problemen umging wie das Hackbeil mit dem Fleisch. Was hatte sie noch gesagt, als er sie das letzte Mal sah: „Ich bin im allgemeinen ein treuloses Weib, das aber unendlich lieb sein kann, wenn es sich lohnt."

Von Frauen ging für Johann Tope schon immer eine besondere Anziehungskraft aus. Sie hatten ihn schon immer fasziniert. Abrupt brach er seine Gedankengänge ab und sprang auf. „Laß uns durch die Straßen schlendern", sagte er. Änneke holte sich ein Umschlagtuch, dann brachen sie auf.

Sie wählten einen Weg zum Stadttor hinaus. Tope ging still neben Änneke. Sie merkte, dass ihn etwas beschäftigte. „Woran denkst du?" wollte sie deshalb wissen. „Geht es wieder einmal um Dithmarschen? Der Kampf ist verloren, glaub mir das."

„Verloren ist nichts", antwortete Tope. „Ein Dithmarscher gibt nicht auf. Er hat eine leidenschaftliche Beziehung zum Kampf. Vielleicht hängt das mit dem Mythos der Vergangenheit zusammen. Es müßte doch gelingen, Massen für die Befreiung Dithmarschens zu bewegen. Der Mann fühlte sich im Trupp geborgener. Er sagt sich: Wie kann das sinnlos sein, was so viele wollen. Massen, die von Gefühlen berauscht sind, lassen sich bedenkenlos und leicht in den Wunsch versetzen, ihr Vaterland zu retten."

„Betest du die Vergangenheit nicht zu sehr an", unterbrach Änneke ihn. Hatte sie die Zusammenhänge überhaupt verstanden, fragte sich Tope, ehe er antwortete. Sie war doch nur ein einfaches Mädchen. „Nein", sagte er dann. „Ich benutze die Vergangenheit nur als Wegweiser in die Zukunft."

„Manchmal fürchte ich mich vor dir und deinen Plänen", entgegnete Änneke. „Wer sich fürchtet, setzt sich selbst Grenzen." Topes Antwort löste bei Änneke einen Stoßseufzer aus: „Ach ihr Männer seid so anders. Euer Geist schweift weit umher. Ihr wollt die Welt verändern. Uns Frauen weist ihr einen Platz an mit engen Grenzen:

Haus, Wirtschaft und Kinder. Manchmal komme ich mir wie eine Gefangene vor."

Tope legte Änneke den Arm um die Taille: „Laß uns umkehren." Sie taten es. Vor dem Tor warfen sie noch einen Blick auf den Himmel, den der Wind mit rötlichen Flusen bedeckte. Der Abend nahte.

*

Thede Eweke ging einen anderen Weg. Er versuchte, Geld locker zu machen im Land und benahm sich möglichst unauffällig bei seinen Reisen. Zwar waren die Dänen und Holsten abgezogen aus Dithmarschen, wer aber wollte garantieren, dass es nicht Verräter gab, die ihn für eine fette Zahlung gerne ausgeliefert hätten.

Mit dem Geld wollte Eweke Waffen kaufen. Er besaß ein Schiff, kannte die Küsten und wußte über den Waffenhandel Bescheid. In vielen Häfen hatte er Freunde, die ihm sicher helfen würden. Sein Bruder Johann war zudem einer der Reichsten in Dithmarschen. Was also sollte da schiefgehen. In Johanns Auftrag hatte er manches Geschäft an der Nordseeküste abgeschlossen. Kreditwürdig würde er im Notfall auch sein. Das alles war ein guter Hintergrund, dem Vaterland dienlich zu sein und im Sinne des Satzes zu handeln, der immer noch im Lande umging: Freiheit für Dithmarschen!

Emden schien ihm ein guter Ort zu sein, von dem aus er operieren konnte. Frau und Kinder sollten in Lunden zurückbleiben. Er werde sie bald wiedersehen, hatte er ihnen geschworen. Er werde zurückkommen als freier Mann in ein freies Land.

Der Abschied von der Heimat gestaltete sich stürmisch. Starker Regen fiel vom Himmel, durch den Wind angepeitscht. Es war, als wenn die reinen Regenfäden die dunklen Wolken mit dem Schmutz der Erde verbanden. Sicht gab es wenig. Die Küste verschwand schon bald im Grau der aufgewühlten See.

Es war nicht leicht, das Schiff auf Kurs zu halten. Aber es hatte sich schon in ganz anderen Wetterlagen bewährt. „Es ist wie ein alter Freund", dachte Eweke. „Das Schiff ist mir geblieben. Von der Familie habe ich mich trennen müssen."

21

Johann Tope kam schnell voran. Bald hatte er Holland erreicht, ein Land, das er schon mehrfach bereist hatte und besonders liebte. Es glich irgendwie seiner Heimat Dithmarschen. Die Weite des Landes imponierte ihm. Aus den Weiden und Feldern ragten gleich Inseln die von Bäumen umgebenen Bauernhöfe auf. Mühlen reckten ihre Flügel zu einem Himmel empor, der entweder einem blauen Teppich glich oder über den die Wolken ein Muster aus Grau und Weiß legten, manchmal auch eines in Rot und Gelb, wenn die Sonne mit im Spiel war.

„Das ist eine Landschaft zum Träumen", hatte Tope Änneke einmal gesagt, ob er damit aber Dithmarschen oder Holland gemeint hatte, daran erinnerte er sich im Augenblick nicht. Eine große Rolle spielte das Wasser, in dem sich Himmel und Landschaft spiegelten.

Anders sah es bei den größeren Orten in Dithmarschen und den Städten in Holland aus. In Heide und Meldorf ging es nicht so quirlig zu wie in Amersfoort oder Groningen. Gerne ließ Tope sich von der Atmosphäre und dem umtriebigen Leben in Amsterdam einfangen, von dem bunten Treiben in den Straßen und auf den Kanälen. Er lauschte den Rufen der Bootsführer, die zu Hunderten mit ihren Kähnen auf den Grachten dahinzogen und auf sich oder ihre Waren aufmerksam machten. Auf den Straßen ließ er sich treiben im Gewimmel der Hausfrauen, Händler, Mönche, Lehrjungen, flotten Buben und Mädchen.

Hier hoffte er, auch Margriet zu begegnen. Er hielt bei seinen Spaziergängen Ausschau nach der hübschen Frau mit den breit ausladenden Hüften und dem sorgfältig weggeschnürten Busen. Tope erinnerte sich gerne an die unruhigen, blauen Augen, die aus einem hübschen Gesicht schauten. Und der Mund erst, einen solchen hatten Menschen, die allem Bösen und Gemeinen aus dem Weg gehen, die Lust am Leben haben und sich Trauriges nicht zu sehr zu Herzen nehmen.

Tope suchte sich einen schattigen Platz in der Nähe des Hafens, von dem er das Treiben auf dem Wasser beobachten konnte. Er dachte an Eweke und Markus Wrange. Was sollte aus ihnen geworden sein und überhaupt aus Dithmarschen? Die letzten Nachrichten, die er bekommen hatte, waren ihm noch in Lüneburg zugegangen. Sie lauteten nicht günstig für Eweke. Herzog Adolf von Gottorf hatte ihn beschuldigt, mit den Feinden des Königs von Dänemark zu verhandeln. Er habe damit den Schwur gebrochen, der 1559 vor Lohe geleistet werden mußte. Der Mann sei also ein Hochverräter, dessen Vermögen konfisziert werden müsse. Das Verfahren wurde eingeleitet. Ewekes Frau trat einen Bittgang an. Der Herzog erwies sich zunächst als recht abweisend. Aber irgendwie mußte ihn das Flehen der Dithmarscherin doch innerlich bewegt haben. Er rief sie noch einmal zurück, als sie schon an der Tür des Raumes im Schloß Gottorf stand. Sie kniete vor ihm nieder als er seinem Sekretär diktierte, ihr bestes Bett sei ihr zu belassen, ferner hundert Taler aus dem Vermögen ihres Mannes, weiter ihr eigener Schmuck und das, was sie mit in die Ehe gebracht habe.

Eweke sei in Schwierigkeiten geraten, hatte ein Vertrauter Tope mitgeteilt. Er habe Schulden beim Waffenkauf für die Dithmarscher gemacht. Die Lieferanten hätten ihr Geld gefordert. Als Eweke darauf meinte, man solle ihm Zeit geben, schließlich handele er für sein Vaterland, sei ihm geantwortet worden: „Was heißt hier Vaterland? Wir wollen unser Geld!“

Tope überlegte seine eigene Situation. Er hatte nur einen kleinen Teil seines Vermögens in Dithmarschen angelegt. Das meiste lief über seine Niederlassungen in Lüneburg und anderswo. Er war also wohl besser abgesichert als Eweke.

Von Zeit zu Zeit suchten seine Augen die Wasserfläche des Amsterdamer Hafens ab. Er hatte zwei Schiffe unterwegs, deren Ankunft er hier in Amsterdam erwartete. Dann aber fiel er wieder in seine Betrachtungen zurück. Er stellte sich die Frage: „Habe ich immer korrekt gehandelt? Vielleicht nicht.“ Sein bisheriges Leben war nicht ganz einfach gewesen. Es war nicht immer leicht, ein Held, ein Edler oder gar ein Heiliger zu sein.

Er hatte sich für sein Leben etwas Besonderes vorgenommen. Er hatte danach gestrebt, nicht zum großen Haufen zu gehören, zu denen, die geboren wurden und dann irgendwann wieder verschwanden. Er wollte etwas erreichen und Anerkennung gewinnen. Daran wollte er festhalten. Die Freiheit Dithmarschens aber sollte eine Rolle dabei spielen.

Tope erhob sich, um sein Quartier aufzusuchen.

22

Die warme Frühlingsluft umwehte Änneke und vermittelte ihr ein angenehmes Gefühl. Der Abend kündigte sich an. Die dunklen Farben auf der Erde nahmen zu. Im Blau des Himmels aber blitzten Sterne auf. Immer mehr wurden es. Änneke blickte gebannt hinauf. Sie fühlte sich einsam, allein im Dunkel des Abends und des Lebens. Ihr fröstelte. Gerade als sie ins Haus gehen wollte, sank ein Stern vom Himmel in die Tiefe. Plötzlich war der Wunsch da: „Herr, laß ihn bald wiederkommen."

Vier Wochen war Johann Tope nun schon fort, für Änneke schon zu lange. Aber hatte er nicht beim Abschied gesagt, er werde nicht so schnell zurückkehren? Ihr war in der Zeit einiges passiert, das sie nachdenklich gemacht hatte. Es war etwas geschehen, das irgendwie zusammenpaßte, so schien ihr jedenfalls. Ein Mann, der eine Ladung Salz für Dithmarschen abholte, hatte gesagt: „Kennen wir uns nicht?" Änneke hatte sich abgewendet. Später hatte einer der Salzmeister sie seltsam lange angesehen. Eine junge Frau hatte sich eines Tages gemeldet und behauptet, sie habe gehört, Änneke wisse ein Rezept zur Verhütung von Schwangerschaften.

Änneke hatte das Gefühl, alles passe irgendwie zusammen. Was war da los? Ach, wenn doch Tope bald zurückkäme. Dann hätte sie doch wieder jemand, mit dem sie sich aussprechen konnte.

23

Herzog Adolf lehnte sich im Schloß Gottorf in seinem Sessel zurück. Es tat gut, eine Mußestunde einzulegen und den Frieden zu genießen. Er hatte ein bewegtes Leben hinter sich. Immer gab es Bewegung und Aktivität auf seinen Reisen, als Soldat und im Kampf um die Erhaltung und Vergrößerung seines kleinen Herzogtums. Nun, da es gesichert war und er einen Teil Dithmarschens hinzubekommen hatte, baute er eine straffe Verwaltung auf und setzte Lokalbehörden ein, die ihm treu ergeben waren. Die Ritterschaft allerdings war ihm dabei oft im Weg. Aber er wußte sich durchzusetzen. Ein Sekretär brachte Briefe herein und unterbrach damit den Herzog in seinen Betrachtungen. „Etwas Besonderes dabei?“ wollte der wissen. „Ein Schreiben vom König von Dänemark scheint mir von Wichtigkeit“, meinte der Sekretär. „Lese er vor“, lautete die Antwort.

Der Herzog runzelte die Stirn, als er die Nachrichten aus dem Brief vernahm. Des Königs Leute hatten im Süden Dithmarschens und im Amt Steinburg eine gewisse Unruhe festgestellt. Außerdem war von Waffenlieferungen die Rede. Allein 800 Gewehre sollte ein gewisser Eweke eingeschmuggelt haben. Der Transport erfolgte von Bremen und von Emden aus. Festgestellt worden sei, dass die mit Waffen beladenen Schiffe die Stör anlaufen, den Nebenfluß der Elbe, an dem Itzehoe zu finden ist. Von dort aus verliere sich die Spur. Bisher seien auch noch keine Waffenverstecke gefunden worden im Land.

Er habe Statthalter Rantzau angewiesen, das Mündungsgebiet der Stör in die Elbe besonders zu überwachen, berichtete der König weiter. Den Herzog bat er, auch in seinem Gebiet die Augen aufzuhalten. Der Superintendent Markus Wrange sei ihm als Verdächtiger genannt worden. Er rede viel von der Befreiung Dithmarschens. „Aus meiner Sicht“, teilte der König mit, „sieht die Entwicklung doch ganz anders aus. Was wollen die Dithmarscher eigentlich? Sie haben ihre Selbständigkeit zwar verloren, aber doch ihren Frieden gerettet.“

Den letzten Satz nahm der Herzog schmunzelnd zur Kenntnis.

Ein Dutzend Meilen weiter südwestwärts, in Dithmarschen, saßen sich zwei Geistliche gegenüber. „Es gibt wohl keinen Zweifel daran, dass die Dithmarscher ein besonderer Menschenschlag sind“, gab Markus Wrange seinem Gast zu bedenken. „Klar ist das so.“ Henning Muhl, Pastor in Marne und dort auch Superintendent, nickte zustimmend mit dem Kopf. Er war ein alter Freund Wranges, allerdings nicht ganz so fanatisch in Sachen Freiheit für Dithmarschen wie dieser. Muhl, ein gebürtiger Epenwöhrdener, hatte das Aufgebot der Dithmarscher im Kampf von 1559 als Feldprediger begleitet. Als solcher hatte er seine Landsleute immer wieder ermuntert durchzuhalten.

Das hatte ihm nach Friedensschluß zunächst seine Ämter in Meldorf gekostet. Ein Jahr nach der Unterwerfung war es ihm jedoch gelungen, seine Begnadigung zu erreichen. „Natürlich“, erklärte er nun noch einmal, „natürlich sind die Dithmarscher ein eigen Volk. Es ist auch richtig, daß ein Volk an seinen Menschen gemessen wird. Dabei kommt es dann allerdings auf die Betrachtungsweise an. Wie sehen sie selbst ihr Leben und ihre Geschichte, aber auch wie beurteilen andere das?“

„Streitbar sind sie, die Dithmarscher“, fiel Wrange ihm ins Wort. „Eben daher auch oft mutwillig und aufsässig“, konterte Muhl. „Worauf wollt ihr eigentlich hinaus?“ fragte nun Wrange. „Ich möchte ein Gleichgewicht herstellen in unserem Land, soviel Freiheit wie möglich erreichen und nur so soviel Reglementierung wie nötig. Ich hoffe auf einen inneren Wandel, der sich in den Menschen vollzieht und Besserung der Verhältnisse bringen wird“, stellte Muhl klar.

„Glaubt mir“, warf Wrange ein. „Die Welt wird nicht an irgendeinem System genesen. Ich bin alt genug und habe zu viel erlebt, um zu wissen, wie wenig Spielraum für die Menschen bleibt, denen die Macht und die Freiheit verloren ging.“

„Mag sein“, gab Muhl zu, „aber es muß sich etwas ändern. Stur an der alten Linie festzuhalten, bringt nichts ein. Hochmut, aus Ahnenstolz gezapft, führt zu absoluter Lächerlichkeit.“

„Den Geschlechtern der Dithmarscher mußte die Macht genommen werden, darüber war die Geistlichkeit sich doch nach der Reformation einig. Die vielen Fehden gegeneinander sollten und mußten aufhören. Sie gaben den Fürsten der umliegenden Länder und den Städten der Hanse immer wieder Grund, Partei zu nehmen und einzugreifen."

Weiter kam Muhl nicht. Wrange wandte ein: „Wenn es aber um wirklich große Ziele ging, stand Dithmarschen zusammen. Ich setze immer noch auf die inneren Werte unseres Volkes. Ich träume immer noch von einem freien Land."

„Da mag es viele geben, die das tun", stimmte Muhl zu. „Aber Ahnungen und Träume gehören auf die Nachtseite des menschlichen Lebens. Sie verführen und enttäuschen."

„Da ist etwas dran", mußte Wrange zugeben. „Trauriger ist, dass viele nur so daher reden. Wenn sie gefordert sind, selbst etwas zu tun, dann bleibt jeder Aufruf vergebens."

„Wenn ein Mann Mut zeigen soll, bedarf es oft eines Anstoßes", fuhr Muhl fort. „Die Herzöge und der König werden sich hüten, ihn zu liefern. Wenn alles ruhig bleibt, wird der Anlaß fehlen einzugreifen. Dann lebt die Freiheit des Landes nur noch in Erzählungen und Sagen fort."

Wrange unterbrach ihn: „Der Wunsch nach Freiheit muß bleiben. Das Verlangen danach ist doch keine Sache, über die schnell Gras wachsen sollte. Vergeßt nicht: Ein Mann mit einem heißen Herzen vermag viel. Dithmarscher sind stark. Starke Männer können manchmal verdammt unangenehm werden."

„Ich muß jetzt gehen, laßt uns ein ander Mal weiter reden", bat Muhl. „Nur eines noch zum Schluß: Bedenkt, eines Priesters Amt ist es, für den Frieden zu leben. Christus hat Petrus befohlen, das Schwert in die Scheide zu stecken. Laßt uns einstehen für den Frieden. Tränen gibt es leider viel zu viele. Das Weltmeer ist salzig von den Tränen, die von den Kriegen und der Not hervorgerufen wurden."

24

Sie saßen zu dritt unter der Linde vor der Lundener Marktschänke. Wieder einmal war der Pastor und Superintendent Markus Wrange ihr Thema. „Ihr wißt doch, was eine Wrange ist, die Kurbelstange an unseren Brunnen. Seht, da hat unser Pastor den richtigen Namen erwischt. Er versucht immer wieder, die Gedanken an die Freiheit des Landes anzukurbeln. Quietschen, wie eine echte Wrange, tut er allerdings nicht. Er brüllt manchmal ganz schön laut“, meinte Peter Stutz. Wim Eddemann und Peter Hanno nickten. Letzterer meinte, Wrange sollte sich nur nicht zu weit aus dem Fenster hängen. Es gebe zu viele Ohren, die auf das Wort „Freiheit“ scharf reagieren.

„Mit wem soll man noch über die Lage des Landes reden?“ fragte Peter Stutz. „Die Fürsten wissen offenbar, wie man so ein Land wie das unsrige regiert. Sie geben einigen ein Amt, bürden ihnen Verantwortung auf und mahnen sie, einen guten Weg zu wählen. Das läge doch im eigenen Interesse.“

„Ja so ist das, mit Vergünstigungen ködert man Untertanen“, fügte Hanno hinzu. Er vergaß aber auch nicht zu rufen: „Anna, noch drei Krüge Bier.“ Politische Gespräche verlaufen besser, wenn sie mit einem guten Tropfen geölt werden. Das ist eine alte Weisheit.

„Sag mal“, richtete Peter Stutz die Frage an Wim Eddemann. „Vor ein paar Tagen sah ich dich wieder bewaffnet mit einer Tzeke herumlaufen, mit dem Dithmarscher Kurzschwert. Hatte das etwas Besonderes zu bedeuten?“

„Nichts“, antwortete Eddemann. „Ich bin ein Dithmarscher und fühle mich immer noch als freier Mann. Als solcher führe ich eine Waffe mit, auch jetzt noch oder schon wieder, wie man es nimmt.“

„Aber wir haben doch geschworen.“

„Geschworen hin und her. Meinst du wirklich, wir würden deswegen unser Leben lang auf Waffen verzichten? Du kannst sie heute wieder kaufen, nicht einmal teuer.“

„Ja, laßt uns zu den Waffen greifen“, rief Peter Hanno und sprang auf. „Freiheit für Dithmarschen!“

Da war er wieder, der alte Schlachtruf. Die beiden anderen schauten auf. War Peter das Bier zu Kopf gestiegen, oder was war sonst dabei im Spiel? Es gab viele im Land, die Peter Hannos Meinung teilten. Vom illegalen Waffenhandel hatten sie auch schon gehört. Im Lande jedoch schien alles ruhig. Wer aber wußte, wie es unter der Oberfläche aussah?

25

Das flache, nördliche Ufer der Elbe tauchte aus dem Abenddunst auf. Die Flut hatte das kleine Schiff auf ihren starken Rücken genommen und trieb es nach Osten, dem Ziel, der Störmündung zu. Auch der Wind, der nun aufkam, schob es kräftig nach. Wo die Stör sich in unübersichtlichem, sumpfigem Gelände in die Elbe ergoß, sollte die Ladung von einem Boot übernommen werden. Leichte und schwere Büchsen, Schwerter und Hellebarden, dazu Pulver und Blei lagen bereit.

Thede Eweke schaute zum Land hinüber. Schon oft hatte er diese Fahrt gemacht. Er kannte das Elbufer genau. Hoffentlich würde bald die letzte Tour kommen. Viele Waffen hatte er schon nach Dithmarschen geschmuggelt, seit er 1560, also vor zehn Jahren, sein Heimatland verließ. Nach Emden war er gegangen, zu den Friesen, die wie die Dithmarscher die Freiheit liebten.

Viel hatte er auf sich genommen. Sein Vermögen war arg zusammengeschrumpft. Er mußte unter falschem Namen leben und sich verstecken. Faßten die Dänen oder die Schergen des Herzogs von Gottorf ihn, konnte ihm das teuer zu stehen kommen.

Das Wasser nahm eine graue Farbe an, ein Zeichen, dass die Störmündung in der Nähe war. Dort warteten die Freunde, die die Ladung über die Stör und Wilsterau nach Dithmarschen bringen sollten. Irgendwo würden dann die Waffen in Verstecken gelagert, das wußte Eweke. Weh dem Feind, wenn ein Aufstand ausbrach. Er würde gut bewaffnete Männer vorfinden.

Büsche tauchten aus dem Halbdunkel auf. Das mit Reeth bestandene Ufer kam näher. Dann war plötzlich ein Schatten da, der schnell Konturen annahm. Es entpuppte sich als ein Schiff. „Hallo, gut Freund“, rief Thede Eweke das Losungswort hinüber. Eine Antwort erfolgte nicht.

Das Schiff kam noch näher. Es steuerte offensichtlich direkt auf Ewekes Position zu. Plötzlich flammten Fackeln auf. In deren Schein wurden Männer mit Waffen sichtbar. Schon stießen die beiden Schiffe zusammen. „Eweke, ergib dich!“ erklangen Rufe. „Verrat“, zuckte ein Verdacht bei Eweke auf. Zwanzig gut gerüstete

Männer sprangen über. Was blieb gegen eine solche Übermacht? Eweke hatte ein Schiff voller Waffen, aber nur wenige Männer, die sie ergreifen konnten. So blieb nur die Flucht ins Wasser und zu versuchen, im Schutz der Dunkelheit irgendwo ans Land zu schwimmen. Freies Elbwasser war immer noch besser als dänische Ketten.

Die Hoffnung, die Flut würde ihn ans Ufer tragen, trog jedoch. Das kalte Wasser raubte Eweke schon bald die Kraft. Er versank. Tage später trug die Ebbe seinen Leichnam Richtung Westen und legte ihn bei Brunsbüttel an Land. Dort fanden ihn alte Freunde und bereiteten ihm ein Grab.

26

War es ein Traum? War es eine Erscheinung? Markus Wrange unterbrach jäh seine Grübeleien. Die Kerzen auf dem Tisch vor ihm waren fast niedergebrannt. Im Halbdunkel zeichnete sich deutlich eine Gestalt ab, ein Mann! Aus dem mageren Gesicht schauten ihn zwei große Augen ohne Glanz an. In der einen Hand hielt er ein Kruzifix, in der anderen eine Bibel. Die Kutte war zerrissen und mit Blut verschmiert. Es war Wrange, als habe der Raum einen deutlichen Brandgeruch angenommen.

Wer war der Mann? Heinrich von Zütphen, den die Dithmarscher am 11. Dezember 1524 in Heide als Ketzer verbrannten? Er mußte es wohl sein. Wrange schlug das Kreuzzeichen, als der Mann zu sprechen begann. „Ihr seid auf dem falschen Weg, Bruder.“ Die Stimme klang hohl. „Wählt nicht die Straße der Gewalt. Sie führt in die Irre. Wandelt durch das Tor des Friedens. Stärkt eurem Volk den Geist. Wenn der Kopf wund ist, nützt es wenig, die Füße zu verbinden.“ Einen Augenblick brach die Stimme ab. Es war, als überlege der Sprecher, was er sagen wollte. Oder als warte er auf eine Entgegnung.

Dann setzte er wieder ein: „Ihr Geistlichen solltet euch mehr um den Glauben kümmern. Viele Menschen tun heute fromm, sind es aber nicht. Sie ziehen nicht die Konsequenzen aus dem, was der Gottglaube von ihnen verlangt. Sie vertrauen auf den Staat als ihren Beschützer. Für den selbst aber etwas zu tun, fällt ihnen nicht ein. Wenn sie daran erinnert werden, verweisen sie auf ihre persönliche Freiheit.

Ihr Geistlichen solltet euch mehr auf eure stärkste Waffe besinnen, auf die Sprache. Die einst so feste Verankerung in der Religion löst sich immer mehr. Ich sehe für die Zukunft ein düsteres Panorama. Die Bindungen der Menschen zerreißen. Das wird viel Kummer und Not bringen. Aber nur wenige kümmern sich darum. Der Teufel wird immer mehr Macht bekommen. Die Habgier ist eine seiner Waffen, die Beeinflussung der Menschen eine andere. Die Erregung, über die er große Massen zu packen weiß und zu tosendem Beifall bringt, treibt die Menschen dem Verderben entgegen."

Die Stimme wurde lauter: „Hüte dich nun und bewahre deine Seele wohl, dass du nicht die Geschichten vergißt, die deine Augen gesehen haben und laß sie nicht aus deinem Herzen, so steht es im fünften Buch Moses geschrieben." Die Stimme verklang, es schien Wrange, als halle sie noch eine Weile im Raum nach. Er blickte auf. Die Gestalt war verschwunden.

Die Lichter erloschen langsam. Es war, als bestätigte ihr Flackern das, was vorher gesagt worden war. Wrange war in die Knie gesunken. Taumelnd stand er auf. Dunkelheit umgab ihn. Wo war der rechte Weg? Was hatte der Märtyrer, der einst in Heide verbrannt worden war wegen seines Glaubens, von ihm gewollt? „Ich werde den rechten Weg suchen," lautete Wranges Beschluß. Doch würde er ihn finden?

27

Die Probleme, die in der Kirchengemeinde gelöst werden sollten, und die Abrechnungen waren vom Tisch. Nun konnte es an den gemütlichen Teil gehen. Die Schüsseln mit Fingerbohnen und die Platten mit gesalzenem Fleisch kamen ins Blickfeld. In den Bechern, die hereingetragen wurden, schäumte dunkles Bauernbier. Superintendent Markus Wrange nahm seinen Becher auf, alle erhoben sich und tranken ihr Bier in einem Zuge aus. Danach kam die „Umkehr", mit der jeder beweisen mußte, dass sein Becher auch wirklich leer war. Kein Tropfen durfte drin bleiben.

Mit einem harten Stoß setzte Wrange sein Trinkgefäß wieder auf den Tisch. Dabei erlosch die vor ihm stehende Kerze. Betroffenheit machte sich in der Runde breit. Jeder wußte um die Prophezeiung, nach der ein Teilnehmer der Runde, dessen Kerze erlosch, im nächsten Jahr nicht mehr dabei sein werde. Sogar aus der Art, in der die Flamme erlosch, wurden Rückschlüsse gezogen. Bei Wrange war sie plötzlich ausgegangen. Das konnte nur auf ein schnelles Ende hindeuten. Erlosch die Kerze langsam, gleichsam quälend, war ein langes Siechtum zu erwarten, so hieß es.

Die Stimmung, die vorher an der Tafel geherrscht hatte, wich einer Betroffenheit. Sie wurde noch größer, als auch die vor Reimer Grothe stehende Kerze plötzlich erlosch. Nur schwer kam danach die Unterhaltung wieder in Gang. Das Bier allerdings floß in Strömen. Bier schmeckt eben immer, ganz gleich, ob es aus einem freudigen oder traurigen Anlaß getrunken wird.

Der erste, der wieder zu einer etwas fröhlicheren Stimmung zurückkehrte, war Reimer Grothe selbst. Er hatte offenbar den Schock, der auch ihn wegen der erloschenen Kerze befallen hatte, schnell überwunden. Es sei doch wohl ein Aberglaube, sprach er seine Gedanken laut aus, aus so etwas so düstere Gedanken, wie die an den Tod, zu entwickeln.

„Der Tod hätte mich doch schon längst haben können, Gelegenheit gab es doch genug dazu", gröhlte er und blickte herausfordernd in die Runde. Marcus Wrange sprang auf. Mit hochrotem Gesicht schleuderte er Grothe eine Reihe Sätze entgegen: „Gekniffen hast du vor ihm. Vor Heide zum Beispiel im 59er Jahr, als du mit deiner Truppe umkehrtest, um nicht ins Gefecht zu müssen. Für die Freiheit wolltest du nicht mehr kämpfen, hast du mir gesagt, das lohne doch nicht mehr. Du heißt nicht bloß Grothe, du hast ein großes Maul."

Die Reaktion Grothes schnitt dem Geistlichen das Wort ab. Grothe war aufgesprungen, hatte ein Messer vom Tisch gerissen und hatte Wrange an der Gurgel gepackt. Mehrfach stach er auf Wrange ein, der aber fand doch noch die Kraft, sich zu befreien. Er ergriff den Stuhl, auf dem er gesessen hatte, und drosch damit auf den Gegner ein.

Ein furchtbares Bild bot sich den Männern, die vor Entsetzen stumm auf die Szene starrten. Die mit Blut besudelte große Gestalt schlug mit dem Stuhl auf den Gegner. Das Möbelstück zerbrach. Wrange angelte sich eines der Stuhlbeine und schlug weiter auf Grothe ein, bis beide tot zusammensanken.

Entsetzen lähmte die Männer. „Die Lichter hatten recht", meinten die einen. „Beide tot", stellten die anderen verstört fest.

Die Kunde vom Tode Markus Wranges und von den Umständen, die dazu führten, verbreitete sich schnell. Mancher, der davon hörte, schüttelte nur den Kopf. Andere sagten: „Ja, so war er, stur bis zuletzt."

„Das gibt es wohl nur in Dithmarschen", soll der Herzog in Gottorf gesagt haben, „dass ein Priester sich in einem Gasthaus prügelt und danach an den Verletzungen stirbt."

Viele Geschichten gab es über den Superintendenten Markus Wrange. Zur sehr fiel er aus dem Rahmen. Das Bild, das sich das Volk gemeinhin von einem Geistlichen macht, paßte wahrlich nicht auf ihn. Er war ein echter Dithmarscher, in Neuenkirchen geboren; dort aufgewachsen, besuchte er die Landesschule in Meldorf. Danach studierte er in Leyden in den Niederlanden. Als er in sein Heimatland zurückkehrte, wurde er zunächst Schulmeister in Neuenkirchen, danach Pastor in Brokdorf an der Elbe. Später kehrte er in sein Heimatdorf zurück, um dort als Seelsorger zu wirken.

Eine ungewöhnliche Rolle spielte Pastor Wrange in der „Letzten Fehde", bei der im Kampf um Heide die Freiheit der Dithmarscher verloren ging. Als eine Gruppe Friesen sich anschickte, die Eider zu überqueren, um in Dithmarschen zu plündern, raffte Wrange rasch eine Schar alter Männer und Frauen zusammen und veranlaßte sie, lautstark auf die Eindringlinge loszuziehen. Die Invasoren, die das Land ohne Verteidiger glaubten, zogen sich schnell zurück. Sie kehrten ohne Beute heim.

Wrange wandte sich danach sofort einer anderen Aufgabe zu. Er fuhr mit seinem Pferdegespann Heide entgegen. Verfehlen konnte er den Ort nicht. Dort, wo er liegen mußte, stiegen Rauchwolken in den Himmel. Der Pastor hatte Pferde sonst ebenso wie die Menschen im Griff. Bei den Menschen sollte er allerdings diesmal enttäuscht werden, als er kurz vor Lohe auf einen Haufen Bauernkrieger aus Wesselburen stieß. Wrange stoppte Pferde und Wagen.

Er war bald mitten drin in der Diskussion, die hier alle erregte. Die Frage war, ob sie weiterziehen sollten nach Heide in den Kampf. Der Anführer Reimer Grothe wollte gerade die Anordnung zum Rückmarsch geben und leitete sie mit der Feststellung ein, Kundschafter hätten erklärt, Heide sei verloren. „Ziehen wir nach Wöhrden zurück", meinte er. „Und stellen uns dort den Regenten zur Verfügung."

Eine Donnerstimme unterbrach ihn. „Wer will hier feige zurückweichen? Wer will hier den Kampf um Heide aufgeben?" Wrange sprang vom Wagen, eilte auf Grothe zu, packte ihn an der Brust und schüttelte ihn. Drei Männer hatten Mühe, die beiden Kontrahenten zu trennen.

Grothe schäumte vor Wut. „Das hier ist ein Feld, auf dem wir kommandieren und nicht die Geistlichen", rief er mit hochrotem Kopf. „Wenn ihr könnt und wollt, fahrt nach Heide und haltet den Feind mit euren Gebeten auf. Wir ziehen uns nach Wöhrden zurück."

Ein groteskes Bild bot sich danach. Pastor Wrange stand aufrecht auf seinem Wagen und wies mit der rechten Hand auf das brennende Heide. Grothe zeigte mit versteinertem Gesicht in die andere Richtung, wo Wöhrden lag. Seine Männer zogen zögernd nach dort ab. Ab und zu drehte sich noch einer um, nach Wrange schauend, der seinen Wagen in Richtung Heide lenkte.

Der Pastor und spätere Superintendent Markus Wrange vergaß die Demütigung auf der Straße von Lohe nie. Sie fraß wie ein Wurm an seinem Herzen und gab schließlich auch das Signal für seinen letzten Kampf. Das Lied der Freiheit war mit seinem Hinscheiden um eine Strophe ärmer geworden.

ZWEITER TEIL

28

Das Haus am Leidseplan war mittelgroß, aber prachtvoll eingerichtet. Johann Tope staunte immer wieder, wenn er es besuchte. Prächtige Gemälde zierten das Treppenhaus und die Zimmer. Sie zeigten Porträts, Landschaften, Architektur. Die bunten Fensterscheiben zogen den Blick an, ebenso das Geschirr auf den Regalen.

„Willkommen, Johann Tope“, riß ihn eine angenehme Stimme aus den Träumereien. Peter Oeverländer war in den Raum eingetreten. „Na, wie steht’s in unserem kleinen Heimatland?“ wollte er wissen.

Beide nahmen am Kamin Platz, der allerdings um diese Jahreszeit ohne Feuer war. Peter Oeverländer hatte mit Korn, das aus Dithmarschen in die Niederlande ausgeführt wurde, ein Vermögen gemacht. Das Gespräch mit Tope sollte ihm als Entscheidungshilfe für den Fortgang der Beziehungen zu seiner Heimat dienen. Außerdem wollte er etwas über die Kämpfe der „Letzten Fehde“ wissen. Darüber war wohl am besten von einem etwas zu erfahren, der dabei gewesen war und als Kaufmann die Folgen abschätzen konnte.

Lange sprachen Tope und Oeverländer über den Kampf um Meldorf, um Heide und Dithmarschen im Juni 1559. Tope beklagte dabei, dass es damals keinen herausragenden Führer gegeben habe wie 1500 in der Schlacht bei Hemmingstedt. Der Sieg damals habe die Dithmarscher wohl in Sicherheit gewiegt. Sie hätten eine wichtige Entwicklungsphase der Kriegstechnik verpaßt.

„Die Fürsten haben es verstanden, in den vergangenen hundert Jahren ihre Position zu stärken“, gab Oeverländer zu bedenken. „Sie waren bemüht, die germanisch-mittelalterliche Lebensordnung auf Recht des Widerstandes und der Fehde, wie es ja auch noch in Dithmarschen gepflegt wurde, zu ersetzen durch einen auf sie selbst ausgerichteten souveränen Willen: Einer übernimmt das Kommando. Das bereitet der Ausrichtung der Politik auf gemeinsame Vereinbarungen Einzelner ein Ende. Die Zeit des Things ist vorbei", brachte es Oeverländer auf den Punkt.

„Aber wo bleibt da die Freiheit? Ist sie nicht auf einen zu kleinen Raum beschränkt?" wollte Tope nun wissen. „Was willst du dagegen tun", entgegnete Oeverländer. „Die Welt und das Leben werden härter. Die Dithmarscher waren, wie es scheint, Verfechter des Vergangenen. Ihre Gegner waren stärker auf die Zukunft orientiert. Das kam ihnen zugute, besonders auf militärischem Gebiet. Die wirtschaftliche Entwicklung Dithmarschens und der Reichtum seiner Bauern weckten Gelüste. Zum Wollen gehört auch die Kühnheit. Die war offenbar bei den Gegnern der Dithmarscher vorhanden. Warten wir ab, was sie aus ihrem Gewinn machen. Es kommt im wesentlichen darauf an, was sie aus der Verantwortung für Staat und Volk entwickeln. Die Tränen der Verlierer bewirken wenig. Sie haben in der Geschichte nur ein geringes Gewicht. Ich kann euch nur einen Rat geben. Versucht, Anschluß an die Wirtschaft zu bekommen. Im Fernhandel zum Beispiel liegen gute Chancen. Früher hat jeder nur nach eigenem Bedarf produziert. Heute ist es möglich, über den Fernhandel Waren zu gutem Gewinn abzusetzen."

„Die Niederländer haben die Hanse beerbt", wechselte Tope das Thema. Die Hulken sind schneller als die behäbigen Koggen. „Das kann man wohl sagen", bestätigte Oeverländer. „Vieles wird von den Niederländern allerdings jetzt über Emden abgewickelt. Die eigenen Häfen sind wegen des Freiheitskampfes gegen die Spanier nicht mehr sicher genug. In Emden haben bereits 500 Schiffe ihre Liegeplätze. Leider hat der Gulden eine Abwertung erfahren bei uns. Ich erwäge, zumindest einen Teil meines Geschäfts ins Reich zu verlegen oder in dessen Nachbarländer. Ich gedenke auch Dithmarschen mit einzubeziehen. Das wäre sicher nicht die schlechteste Idee. Eigentlich sollte ich dir meinen Sohn Claus vorstellen. Er soll bei diesem Geschäft eine Rolle spielen. Ich fühle mich schon ein wenig zu alt für eine derartige Aufgabe."

Oeverländer klingelte und bat den daraufhin eintretenden Diener, seinen Sohn zu suchen. Der trat kurz danach ein, ein großer Kerl mit hellem Bartflaum über den wulstigen Lippen und langen blonden Haaren. Er nickte kurz und hörte sich wortlos an, was sein Vater über seinen künftigen Wirkungsbereich erzählte.

Tope hatte kein gutes Gefühl. So wie der junge Mann sich gab, mußte er ein harter Verhandlungspartner sein. Von ihm würde man sicher noch in Kaufmannskreisen hören. Als Tope das Haus verließ, brachten die beiden Oeverländer ihn an die Tür. „Auf Wiedersehen in Dithmarschen", lautete ihr Abschiedsgruß.

29

Es war schon spät, als Tope das Haus von Oeverländer verließ. Der Mond stand gelb mit rötlichem Rand am Himmel und spiegelte sich in den Grachten. Die Straßen kamen Tope seltsam fremd vor. Wo war er? Er hatte das Gefühl, er werde beobachtet. Schlichen nicht dunkle Gestalten an den Hauswänden entlang, jeden Schatten nutzend? Tope war gewiß kein Angsthase. Und doch beschleunigte er den Schritt, um schnell aus dieser Lage herauszukommen. Plötzlich sprang eine weibliche Gestalt aus dem Schatten ins Mondlicht. Tope erstarrte.

„Margriet", durchfuhr es ihn. Kein Zweifel, das mußte sie sein. Zu weiteren Überlegungen blieb ihm allerdings keine Zeit. Dunkle Gestalten holten die Frau ein und packten sie. „Margriet", dachte Tope noch einmal – mit großen Sätzen sprang er auf die Männer zu. Ehe er sie erreichte, sperrte ihm ein großer Kerl den Weg. Er versuchte, Tope zu würgen, dem gelang es aber, sein Kurzschwert zu ziehen und es dem Gegner in den Leib zu rammen.

Schnell wie sie gekommen waren, verschwanden die Männer wieder im Dunkeln. Sie schleppten den Kerl, der wie ein gefällter Baum umgekippt war, mit sich fort. Zurück blieb nur die Frauengestalt, vom Mondlicht aus dem Dunkel herausgeschält. Tope ging auf sie zu. „Margriet", sagte er leise. Die Frau drehte sich um und zog das Kopftuch ab. Tope erschrak, ein häßliches Gesicht starrte ihn an. Dann rannte das Weib davon.

Der Spuk war vorbei. Was war das? Hatte das Mondlicht ihn genarrt? Von der Gestalt her hätte es Margriet sein können, die junge Frau, die er immer noch begehrte. Was hatte das Ganze überhaupt zu bedeuten. War es ein abgekartetes Spiel, eine besondere Art, Menschen zu überfallen? Galt das etwa speziell ihm? Diese Fragen beschäftigten Tope auch noch, als er längst wieder in seinem Quartier angekommen war.

Im Traum erschien ihm noch einmal der Kerl, den er niedergestochen hatte. Das Grinsen, das zunächst das Gesicht des Menschen beherrscht hatte, war plötzlicher Verblüffung gewichen, als Tope zugestochen hatte. Als die Kirchenglocken am nächsten Morgen den sonntäglichen Gottesdienst ausläuteten, füllte sich der kleine Krug, in den Tope einkehrte, rasch mit einer Schar Leute, alle hatten nur ein Thema.

Der Pastor hatte von der Kanzel gegen Saufen, Schwelgen und unzüchtige Possen gewettert. Als das Wort Unzucht fiel, war aus der dritten Reihe eine Frau aufgesprungen, war zur Kanzel gelaufen und hatte dem Priester zugerufen: „Haltet ein, Ihr selbst habt Unzucht von mir gewollt und mir angetan." Das hatte den Pastor aus der Fassung gebracht. Er hatte die Frau aus der Kirche gewiesen.

Alle Einzelheiten wurden von Gästen der Wirtschaft besprochen. Dabei erfuhr Tope, dass es um die Frau, die Barbi genannt wurde, erst kürzlich eine Schlägerei gegeben hatte. Ein Nachbar hatte behauptet, Barbi führe sich wie eine Hure auf, wenn ihr Mann zur See fahre. Barbis Mann hatte davon erfahren und den Nachbarn zusammengeschlagen.

Die Frauen waren eben ein besonderes Kapitel im Leben der Männer, dachte Tope. Er war immer noch etwas traurig, dass er Margriet bisher nicht entdeckt hatte. Holland, das war für ihn eine Verlockung gewesen, dank Margriet. Sein Vater, so erinnerte Tope sich, hatte das Kapitel Frauen mit dem Satz abgetan: „Adam braucht eine Eva, um ihr die Schuld an seinen Fehlern zuzuschieben."

30

Als Tope Amsterdam verließ, ritt er den beiden schwer beladenen Wagen voran. Schon bald hatte er das Tor der Stadt erreicht. Neben dem Durchgang durch die Stadtmauer schlief auf einer niedrigen Bank der Wächter im Sitzen. Der Helm war ihm ins Gesicht gesunken, ein Bein streckte er lang vor sich hin. An das angewinkelte andere Bein lehnte der lange Spieß.

Tope zog mit seiner kleinen Karawane unbehelligt vorbei. Am Fluß vor dem Tor hatten sich Fischer versammelt. Sie schauten in die Körbe mit ihren Fängen. Kinder standen neugierig dabei und zeigten einander die großen oder eigenartigen Fische. Das war das letzte, was Tope von Amsterdam sah. Vor ihm breitete sich das flache Land aus. Der Weg führte durch Kornfelder. Links und rechts standen die Halme wie eine Mauer. Ein Regenbogen spannte sich über das Land. Es war, als rahme er das Dorf ein, das im Dunst in der Ferne lag.

Tope versuchte, seine Gedanken zu ordnen. Er hatte Margriet doch noch getroffen. In einem kleinen, dunklen Gang hatte er ihr plötzlich gegenüber gestanden. Er hatte wieder, wie einst, den Hauch verspürt, der von ihr ausging, war auf sie zugeeilt und hatte sie geküßt. Sie ließ es lachend geschehen. Tope umarmte sie und betastete ihre festen Brüste. Doch sie befreite sich und mahnte: „Nicht, Johann!"

Diese Szene lebte wieder vor ihm auf, während er immer weiter nach Süden ritt. Margriet hatte ihn in ihre Wohnung gelassen. Dort erfuhr er, daß sie inzwischen geheiratet hatte. Als er sie bedrängte, ihm doch die alten Freiheiten zu gewähren, die er sonst bei ihr genossen hatte, seufzte sie. „Nein, Johann, das ist vorbei. Sagt ihr Männer nicht immer, wir Frauen sollen treu sein? Sind wir das nicht, dann werden wir verstoßen."

Tope hatte aufgegeben. Sie hatte ihn freundlich bewirtet und dann verabschiedet. Was war sie für eine gewesen? Eine gute Menschenkennerin schien sie zu sein, zumindest eine gute Beobachterin. Sie hatte einen scharfen Blick. Ließ sich aber nie etwas anmerken. In allen Lagen hatte sie Beherrschung bewiesen. „Werde einer aus den Frauen schlau“, brummte Tope und ermunterte sein Pferd zu einer schnelleren Gangart.

Immer weiter ging es in den Süden, durch die Niederlande, durch Flandern und Lothringen. Zunächst bestimmten Wasser, das Grün der Weiden und Felder das Bild der ebenen Flächen, über die das Auge leicht dahinwanderte. Die Farben lösten sich in der Ferne in mildem Dunst auf. Er verwischte den Übergang zwischen Himmel und Erde. Die gradlinigen Kanäle, die in der Weite verschwanden, ließen die erheblichen Entfernungen bis zum Horizont ahnen. Die Dörfer mit ihren Häusern und den spitz aufragenden Kirchtürmen erschienen von weitem wie Spielzeug. Bauminseln setzten bunte Tupfer. Die Wolkentürme über dem Land zeigten sich manchmal in heiterem Weiß, manchmal aber auch bedrohlich dunkel.

Nach Tagen wurde das Land hügeliger, die Dörfer machten einen ärmlicheren Eindruck. Dann war es soweit, durch die Port de la Craffe zog Topes kleine Karawane in Nancy ein, in den Ort, in dem die Herzogin-Witwe Christine ihren Wohnsitz genommen hatte, die Tochter des dänischen Königs Christian II., der entthront worden war und 17 Jahre auf Schloß Sonderburg in Gefangenschaft geschmachtet hatte, bis er abdankte und 1559 in Kalundborg starb. Christine hatte nie auf die Ansprüche auf den Thron von Dänemark, Schweden und Norwegen verzichtet.

Christine schrieb unter ihre Briefe noch immer den Zusatz: „der Königreiche Dänemark, Schweden und Norwegen Erbin und Prinzessin.“ Sie hatte auch schon mehrfach versucht, in den Herzogtümern Holstein und Schleswig Anhängerschaft zu mobilisieren. Würde er die Herzogin für die Sache Dithmarschens gewinnen können? fragte sich Tope.

Ganz in Gedanken versunken, bemerkte er kaum, dass er durch eine der schönsten Städte Burgunds ritt. Breite Straßen führten an stattlichen Bauten vorbei, so am Sitz des Bischofs und am gotischen Schloss, das 1513 erneuert worden war. Dort also residierte die Herzogin. Dort wollte er sie treffen. Oeverländer hatte ihm einen Mann empfohlen, der Beziehungen zum Schloß hatte. Einen Brief mit Empfehlungen trug er außerdem bei sich.

31

Ein Bote hatte den Wunsch der Herzogin-Witwe Christine überbracht, der Ritter Hans möge zu einem Mittagessen in ihre Residenz kommen. Tope hatte um ein Gespräch mit ihr gebeten. Sie hatte immer noch Ambitionen auf den dänischen Thron, den ihr Vater Christian II. hatte räumen müssen. Tope hoffte auf Unterstützung für die Befreiung Dithmarschens.

„Ritter Hans", wie Tope jetzt genannt wurde, zog sein rotes Wams an. Er wußte genau, wie gut er darin aussah. Er suchte ein dazu passendes Beinkleid heraus und ein weißes Hemd mit einem Spitzenkragen. Sorgfältig bürstete er sein Haar und stutzte den Bart. Nun also konnte es losgehen. Er wußte, er brauchte ein positives Erscheinungsbild für diesen Auftritt.

Wenig später betrat Tope den Speisesaal. Er wurde an den Ehrentisch gebeten. Die übrigen Gäste saßen schon an langen Tischen und schauten den Neuankömmling, der von einem Diener zu seinem Platz geleitet wurde, neugierig an.

Ein plötzlich einsetzender Fanfarengruß beendete die Gespräche, die bisher leise geführt worden waren. Die Herzogin betrat den Saal. Zwei Pagen trugen die Schleppe ihres langen Kleides. Sie grüßte huldvoll nach allen Seiten und nahm dann mit am Ehrentisch Platz. Tope blickte sich immer wieder verstohlen um. Er war bemüht, sich den Regeln anzupassen, die hier am Hof üblich waren. Hinter der Herzogin waren zwei Hunde mit in den Saal gekommen. Sie schnüffelten nun unter den Tischen herum, offenbar in Erwartung freßbarer Brocken, die unter den Tisch fielen.

Der zweite Fanfarenstoß erklang. Eine Reihe Diener marschierte in den Saal und setzte den Gästen süßen Wein und Blätterteiggebäck vor, dazu gekochte Äpfel, frische Feigen und Kirschen.

Jeder neue Gang wurde danach mit Fanfarenklängen begrüßt: der gedünstete Fisch, das gebratene Fleisch mit Beilagen, die verschiedenen Desserts. Wer mochte, konnte sich außerdem an Sülze, Pasteten und Dörrobst laben. Davon stand genug auf den Tischen. Als dann der „Hypocras", ein süßer Wein mit starkem Zimtgeschmack, gereicht wurde, neigte sich das Mahl dem Ende zu.

Johann Tope genoß das Essen zunächst man halb. Zu ungeduldig wartete er darauf, dass die Herzogin ihn ansprach. Zunächst aber schienen ihr andere Dinge wichtiger zu sein. Als sie ihn schließlich anblickte und meinte: „Ihr wolltet mir von eurem unglücklichen Vaterland erzählen“, wußte er zunächst nicht, wie er beginnen sollte. Als die Herzogin aber immer interessierter seinem Bericht von der Eroberung Dithmarschens durch Dänen und Holsteiner lauschte, kam er immer mehr „in Fahrt“.

Ein Krieg drohe zwischen Dänemark und Schweden, wußte er zu berichten. Friedrich, der König der Dänen, habe sich geweigert, die drei Kronen aus seinem Wappen zu nehmen, die zum Emblem Schwedens gehörten. Erich XIV., der Sohn Gustav Wasas, habe das verlangt im Namen der schwedischen Krone. Er sei aber von den Dänen abschlägig beschieden und verhöhnt worden. Aus diesem Krieg könne vielleicht eine Chance erwachsen, Dithmarschen die Freiheit wiederzugewinnen, gab Tope zu bedenken.

Sie habe von diesen Händeln zwischen den beiden Nordländern gehört, antwortete Christine. Sie werde sich überlegen, ob sie in diesem Spiel mitmischen könne. Peter Oxe, der zu ihr geflohene ehemalige dänische Reichsrat, könne die Lage überprüfen und werde sich sicher auch mit Tope unterhalten.

Dann bat sie um Entschuldigung, sie habe noch einiges zu tun und rauschte, wieder begleitet von Fanfarenklängen, aus dem Saal.

32

Wenig später, als Tope gerade in sein Quartier zurück wollte, übergab ihm ein Diener ein Billet und bat ihn zu folgen. Sie gingen durch eine Reihe von Räumen in einem Nebengebäude, in denen Schreiber an groben Tischen saßen. Mit kratzendem Geräusch führten sie ihre Schreibfedern über große Pergament- und Papierbögen.

Der Diener öffnete eine schwere Tür. Tope stand einem kleinen, stämmigen Mann gegenüber. Ein grauer Bart umrahmte das offene, kühne Gesicht. „Johann Tope, genannt Ritter Hans von Lunden, seid mir herzlich willkommen.“ Peter Oxe verströmte viel Fröhlichkeit, die Tope von Beginn der Unterhaltung in seinen Bann zog.

Schnell waren die beiden Gesprächspartner über die Eingangsfloskeln und das erste, vorsichtige Abtasten des Gegenübers hinweg. Die Fakten des Kampfes der Dithmarscher im Jahr 1559 gegen ihre Feinde und der Verlust der Freiheit waren auch schnell abgehakt. Oxe bedauerte allerdings, dass Tope keine Vollmachten vorlegen konnte, somit auch ein direkter Ansprechpartner für diplomatische Kontakte fehlte. Er zeigte aber Verständnis für Topes Lage, der hatte fliehen müssen. Er lobte, daß Ritter Hans sich vor dem Eid auf die neuen Herren gedrückt hatte. So beständen keine Abhängigkeiten gegenüber Herzog Adolf.

Tope meinte, er habe noch zu keiner Zeit so tief empfunden wie jetzt, dass der Kampf um die Freiheit Dithmarschens so schwer sein könne. Er bat, seinem Vaterland zu helfen. Die Väter und Großväter waren einmal freie und zufriedene Leute. Was aber war nun? Er selbst ziehe im Reich umher auf der Suche nach Bundesgenossen. Ein festes Gerüst für einen Freiheitskampf aber könne er zur Zeit nicht anbieten, meinte Tope. Alles trage nur schemenhafte Züge. Er vermute, auch im Land selbst sei es nicht leicht, eine Bewegung in Gang zu setzen. Zu viele Dithmarscher hätten sich vielleicht schon damit abgefunden, dass die Fäden nun von Kopenhagen, Schleswig oder Hadersleben gezogen würden.

Nebenbei erwähnte Peter Oxe, Wilhelm von Grumbach, der letzte deutsche Ritter, der noch für seinen Stand nach Selbständigkeit strebe, habe sich angeboten für einen Feldzug im Norden, um der Herzogin Dänemark zurückzugewinnen. Grumbach sei ein Fürstenhasser, aber in der Politik könne auch so ein Mann von Nutzen sein.

„Laßt euch nicht durch traurige Situationen entmutigen“, mahnte Oxe. „Fragt euch lieber: Habe ich alles getan für mein Vaterland?“ Tope richtete sich auf: „Ich habe alles getan, was ich nur tun konnte. Man mag mich heute mit Füßen treten. Wer Dithmarschen liebt, wird weiter versuchen, die Freiheit für das Land wieder zu erringen. Das Leben ist ein Narrentanz, aber manchmal wirklich zum Verzweifeln.“

Oxe lenkte das Gespräch zu den Realitäten zurück. Er versicherte, er werde schnellstens eine Entscheidung herbeiführen. Ein Gespräch mit der Herzogin werde arrangiert. Ganz plötzlich klatschte er in die Hände und befahl dem eintretenden Diener, einen Krug Wein zu bringen. „Wein stärkt die Gefühle und die guten Vorsätze", erklärte er mit einem gewinnenden Lächeln.

Danach breitete er eine Reihe von Themen vor Tope aus, so sprach er von seinen Befürchtungen, die spanische Politik werde immer mehr die Oberhand in der Welt gewinnen. König Philipp II. setze seine Ziele mit manchmal grausamen Mitteln durch. Wer politisch aktiv sein wolle, dürfe Spanien nicht aus den Augen lassen bei seinen Planungen. Die Diktatur der Könige könne schrecklich sein, gab Oxe zu.

„Ich bin bereit, für die Freiheit aller Menschen zu kämpfen", warf Tope ein. „Aber in erster Linie sei er Dithmarscher", fügte er hinzu. Oxe nickte. „Mancher wähnt jedoch für die Freiheit zu kämpfen, merkt aber dabei nicht, dass er sich immer mehr in die Knechtschaft begibt. Der Fortschritt kommt in Siebenmeilenstiefeln daher. Wer weiß, was er uns bringt. Heute noch heißt es, ein scharfes Schwert sichere den Frieden, vielleicht wäre es aber noch besser, alle Waffen abzuschaffen."

Tope lag nach dem Gespräch mit Oxe noch lange wach in seinem Quartier. Er hatte die Kerzen brennen lassen. Ihr Licht tauchte den Raum in ein warmes Leuchten. Er versuchte, Klarheit in seine Gedanken zu bringen. Der Kampf um Dithmarschen und der Verlust der Freiheit des Landes hatten krasse Änderungen in sein Leben gebracht. Er hatte überlebt und versuchte, das wiederzugewinnen, was er verloren hatte.

War es richtig gewesen, das Land zu verlassen, dessen Freiheit in Todeszuckungen lag? Oxe hatte Tope aufgefordert, von Träumereien zu lassen und mehr auf die Realitäten einzugehen. Wo aber lagen diese? „Seid vernünftig", hatte der Däne gemahnt. „Die Motte frißt am Gewand, der Wurm am Holz und der Gram am Herzen. Bedenkt das", hatte er gesagt.

33

Schon wenige Tage nach dem Festmahl mit Herzogin Christine und der Unterredung mit Oxe traf ein Brief für Tope ein. Unter dem 28. Februar 1560 erhielt er zwei Schreiben, eines an ihn persönlich und eines an die Vögte von Dithmarschen. Für letzteren wurde die Bitte um Weiterbeförderung ausgesprochen. Die Herzogin drückte darin ihr Bedauern aus über den Verlust der Freiheit. Davon habe ihr „Ritter Hans von Lunden", auch Johann Tope genannt, berichtet. Da er aber keine Vollmachten vorlegen könne, sei nicht klar, ob er in amtlichem Auftrag handele. Sie bedauere das den Dithmarschern zugefügte Ungemach, versicherte die Herzogin. Ihr Betätigungsfeld sei jedoch zur Zeit so eingeschränkt und die finanziellen Mittel so erschöpft, dass sie im Augenblick keine Hilfe leisten könne. Sollte aber eine Besserung eintreten, wolle sie gerne etwas für Dithmarschen tun, und zwar alles, was in ihren Kräften stehe. Sie fühle sich immer noch als rechtmäßige Erbin König Christians II. von Dänemark und Schweden. Diesen Anspruch werde sie auch nicht aufgeben.

Tope empfand diesen Brief einerseits mit Genugtuung, zum andern aber zeigte er auch Enttäuschung. Er gab das Schreiben nach Dithmarschen einem Kurier mit. Das zweite Schreiben an Tope persönlich enthielt die Bitte der Herzogin, doch in ihre Dienste zu treten und sie demnächst auf ihrer Reise in die Pfalz zu ihrer Schwester zu begleiten.

Der Brief der Herzogin wurde von Nancy aus auf den Weg in den Norden gebracht. Händler nahmen ihn nach Amsterdam zu Oeverländer mit und von dort weiter nach Emden. Ein Schiffer, der mit seiner zweimastigen Schmack nach Bremen segelte, beförderte das Schreiben weiter. Wie es von dort allerdings nach Dithmarschen kam, blieb im Dunkeln. Es landete bei einem königlichen Vogt in Süderdithmarschen.

Er zögerte nicht lange, ließ ihn vielmehr umgehend der königlich dänischen Kanzlei zugehen. Von dort gelangte der Brief der Herzogin Christine in Abschriften denn auch zur Kenntnis der Herzöge in Hadersleben und Gottorf. Sie hatten ihn am 25. März 1560 in

Händen. Die Dithmarscher, die eigentlichen Empfänger, erfuhren nichts vom Inhalt des Briefes.

*

Der Zug der Reiter und Wagen näherte sich seinem Ziel. Die Bäume des Waldes gaben den Blick frei auf eine Burg. Ein Kanonenschuß durchbrach die Stille. Trommeln rasselten. Fackeln lohten auf. Die Signale waren damit gesteckt: „Unsere Gäste kommen."

Ein hochaufragendes Schloß präsentierte sich den Ankömmlingen, umgeben von festen Mauern: Das Innere des Gebäudes zeugte von gutem Geschmack seiner Bewohner und von deren Leidenschaften. Eine breite Treppe führte aus der Halle ins Obergeschoß, begleitet von einer Reihe Gemälde mit schönen Frauen und Jagdmotiven.

„Hier läßt es sich leben", dachte Tope. Die Reisegesellschaft war am Ziel. Tope hatte die Reise durch das abwechselungsreiche Land auf dem Weg bis zum Rhein genossen. Dennoch kehrte er in Gedanken immer wieder nach Lüneburg und Dithmarschen zurück. Was mochte Änneke jetzt treiben? Hatte sie überhaupt Verständnis für seine Handlungen? Hatte er nicht seine persönlichen Anliegen hintenan gestellt? Dachte er nicht nur an sein Heimatland und dessen Nöte?

Fragen über Fragen. Im Mittelpunkt stand die Überlegung, ob es überhaupt für seine Ziele von Nutzen sein werde, dem Ruf der Herzogin zu folgen. Zunächst werde es wohl kaum Chancen geben, ernste Gespräche zu führen. Ein Wiedersehensfest nach dem anderen lief ab. Für Diplomatie, auf die Tope gehofft hatte, blieb zunächst keine Zeit.

Und was sollte mit Änneke werden? Tope war sich darüber klar, dass Liebe nicht allein aus der Sehnsucht und der Vergangenheit leben kann. Er mußte einen Weg finden, von Zeit zu Zeit nach Lüneburg zu fahren.

34

Auf dem Lüneburger Markt sollte es ein besonderes Spektakel geben, hatte Änneke gehört. Noch war alles still. Doch plötzlich erklang Trommelwirbel, untermalt von Cymbalklängen. Aus den Gassen rund um den Markt sprangen bunte Gestalten und verfielen in wilde Tanzschritte. Eine Frau in einem langen, roten Kleid drängte sich durch die Menschenmassen, die sich inzwischen auf dem Markt versammelt hatten. Sie umschritt den freien Raum, in dem die Tänzer bizarre Bewegungen ausführten, und blieb in dessen Mitte stehen. In der einen Hand hielt sie einen goldenen Ring, in der anderen einen silbernen Weinpokal.

Die zehn Männer in der bunten Kleidung erhöhten das Tempo ihrer Bewegungen; Bucklige, Farbige, Stutzer und Vornehme tanzten jeder in seiner Weise, aber alle im gleichen Takt. Die roten, engen Hosen waren mit Schellen besetzt. Wallende, lange Hemden in verschiedenen Farben und mit flatternden Ärmeln zauberten ein buntes Bild. Einige der Tänzer trugen Mützen, andere Turbane, wieder andere ließen ihr langes Haar herumwirbeln. Bunte Schärpen schwangen um die Körper.

Die wilden Klänge der Begleitmusik ließen die Männer immer mehr in Verzückung geraten. Sie verrenkten die Glieder, stampften mit den Füßen auf den Boden, machten groteske Kniefälle vor der Dame. Mitten in einer Steigerung des Tempos, die den Bewegungen der Tänzer etwas Huschendes und Flatterndes verlieh, brach die Musik ab. Die sechzehn Tänzer erstarrten. Die Dame schaute in die Runde und winkte dann einem großen, hageren Mann, der einen goldenen Hut trug, zu sich heran. Der Tänzer war durch wilde Kapriolen beim Tanz aufgefallen. Er kniete vor der Dame nieder und nahm den goldenen Ring von ihr in Empfang. Dann stand er auf, leerte den halben Pokal und gab den Rest zurück. Die Dame trank diesen dann offensichtlich voller Vergnügen aus.

Ganz plötzlich zerbrach die Stille, die während der Zeremonie geherrscht hatte. Die Musik setzte mit voller Kraft wieder ein. Die Tänzer und die Dame verschwanden. Das ganze Theater war mit einer solchen Rasanz abgelaufen, dass die Zuschauer zunächst vergaßen, Beifall zu spenden. Dann aber brach er los mit Bravorufen und lautem Klatschen. Änneke, die das Geschehen beobachtet hatte, schloß sich dem an. Sie hatte einen Spaziergang gemacht und gehofft, die Moriskentänzer bei ihrem Auftritt zu erleben. Das war also nun geglückt. Seit Tagen waren diese Tänzer Stadtgespräch. Sie sollten Mauren aus Spanien sein, die „Morisken" genannt wurden.

*

Das Bild der Moriskendame wurde Änneke in den nächsten Tagen nicht wieder los. Immer wieder sah sie die Frau vor sich in dem langen wallenden, rötlichen Kleid mit dem engen Mieder, der Haube aus Goldbrokat und mit dem roten Edelstein vor der Stirn. Mit einer unnachahmlichen Geste hatte sie dem besten Tänzer den goldenen Ring überreicht.

Änneke trachtete danach, ihr irgendwo wieder zu begegnen. Immer wieder schaute sie sich auf den Straßen und Plätzen um. Vergebens, sie fand die Dame nicht. Dann aber schlug es an einem heißen Tag ein wie der Blitz. Änneke spazierte draußen vor der Stadt am Ufer der Ilmenau entlang. An einer alten Weide lehnte eine Gestalt. Das war sie. Die Frau trug diesmal ein einfaches Kleid, das ihre Figur besonders betonte. Unter einer weißen Haube verbarg sie ihr üppiges Haar.

Änneke fühlte sich von ihr angezogen. Sie ging auf die Weide zu und setzte sich dort ins Gras. Die Frau löste sich von dem Baum, ging auf Änneke zu und nahm neben ihr Platz. „Einsam?" fragte sie. Änneke blickte dem dahinströmenden Wasser nach. „Vielleicht", antwortete sie. „Oh, vielleicht", sagte die Frau mit angenehmer, dunkler Stimme. „Das könnte bedeuten, jemand, den sie lieben, ist weit weg." Änneke war verblüfft über diese Einschätzung. „Mir scheint, ihr kennt das Leben", antwortete sie.

Die Frau lachte: „Oh ja, das Leben und die Männer. Wer wie ich mit ihnen umherzieht durch halb Europa, der lernt sie kennen. Sie haben mir zu Füßen gelegen. Sie haben mich bespuckt, spielten den Herrn oder katzbuckelten und winselten um Liebe." – „Ganz schön bunt ihr Leben", lachte Änneke. Sie wechselte dann aber das Thema und erzählte aus ihrem Leben. Erstaunt bemerkte sie, dass es immer leichter wurde, davon zu berichten. Als sie am Ende ihrer Lebens- und Liebesbeichte war, legte die Fremde ihr einen Arm um die Schultern und flüsterte: „Nenne mich Neina und sage du zu mir.“ Sie küßte Änneke auf die Wange.

Wenige Minuten später tollten die beiden im Wasser der Ilmenau. Splitternackt waren sie in das Flüsschen gesprungen. Erfrischt stiegen sie später wieder an Land, schüttelten lachend das Wasser ab und ließen den Rest von der Sonne trocknen.

Zunächst waren beide noch recht munter. Neina erzählte von ihrem Leben. In Spanien wurde sie geboren und als 14jährige von einem Augsburger Kaufmann nach Deutschland mitgenommen. Bei ihm lernte sie nicht nur das ABC der Liebe, sondern auch die deutsche Sprache. Als der Kaufmann starb, jagte die Familie Neina davon. Sie schlug sich durch mit allerlei Gewerbe, bis sie die Moriskentruppe fand.

*

Als die beiden Frauen den Heimweg antraten, merkten sie nicht, daß ihnen jemand nachschlich. Eine Frau mittleren Alters hatte in der Nähe der Ilmenau Kräuter gesammelt. Sie war als etwas skurile Person bekannt, bei der man Hilfe in ungewöhnlichen Situationen finden konnte. Sie braute Tränke, machte Umschläge und murmelte dabei auch Sprüche, die sie von einem Mann gelernt hatte. Derlei Können und Wissen lasse sich nur von einem Mann an eine Frau weitergeben oder umgekehrt. Das wurde damals so geglaubt. Als Stine, so wurde die Frau genannt, einmal bei ihrer Sammelei den Kopf hob, sah sie an der Au zwei nackte Frauen herumtanzen. Hexen dachte sie. Wer könnte sonst am hellen Tag hier so herumhüpfen. Sie glaubte ganz bestimmte Bewegungen zu erkennen, die auf Zauberei hinwiesen.

*

In der Nähe der Warburg, unweit der Ilmenau, hatten die Moriskentänzer ihr Lager aufgeschlagen. Zwischen einer Reihe schwerer, bunter Wagen weideten Pferde. Rauch stieg an mehreren Stellen auf. Es roch nach gebratenem Fleisch, Kinder kreischten. Männer saßen im Kreis und ließen große Humpen mit Bier umgehen.

Frauen schauten neugierig von ihren Handarbeiten auf, als Änneke und Neina heranschlenderten. Neina nannte einige Namen der Männer. Da waren der Frauenhut, der Orientale, der Jüngling, der Mohr und andere. Alle traten in den wilden Tanzszenen auf. Ihre echten Namen hatten diese Männer längst verloren. Ihre Rollen waren ihnen auf den Leib gewachsen. Auch ohne ihre phantastischen Gewänder hatten sie etwas Spukhaftes, Groteskes an sich. Ein normales Leben schienen sie nicht zu kennen. Ihre Bewegungen waren flatterhaft und huschend. Es schien, als sei ihr Leben in Spiel übergegangen.

Schon bald verabschiedete sich Änneke. Sie warf noch einen kurzen Blick hinüber zu den großen Holzstapeln direkt am Fluß und zur Silhouette des Klosters Lüne. Sie wußte aus Erzählungen von Johann Tope, daß hier an der Warburg nachts der Fluß durch eine eiserne Kette gesperrt wurde. Sie sollte Schiffer daran hindern, heimlich im Dunkeln mit ihren Booten die Stadt zu verlassen, ohne Gebühren zu zahlen.

Mit flottem Schritt ging Änneke schließlich der Stadt zu, über die der Abend schon die ersten Schatten warf.

Eine Überraschung wartete zu Haus auf Änneke. In der Diele wurde sie eine dunkle Gestalt gewahr. Als ihre Augen sich an die Dämmerung gewöhnt hatten, die in dem großen Raum herrschte, erkannte sie Stine. Die Frau sprang auf und fragte in einer unangenehm piepsigen Stimme: „Na schöne Zauberin, habt ihr die Hexe zu Bett gebracht?“ Dann steigerte sich ihr Geplapper zu einem Schrei: „Die muß fort.“ Leiser setzte sie hinzu: „Was die kann, können wir beide doch auch. Sie muß fort, muß brennen.“

Änneke lief es kalt über den Rücken. Antworten konnte sie nicht. Zu plötzlich waren Entsetzen und Furcht über sie hergefallen. „Leugne nicht“, flüsterte Stine und kam Änneke so nahe, daß diese vor dem Mundgeruch der Frau und dem Dunst aus ihren Kleidern zurückschreckte. „Ein Fuhrmann aus Dithmarschen hat mir erzählt, er kenne dich“, fuhr Stine fort. „Die war doch schon bei uns eine Hexe“, habe er gesagt. „Also überleg es gut. Tu dich mit mir zusammen. Ich komme bald wieder.“ Als Stine das in einem zischenden Tonfall geflüstert hatte, wandte sie sich zum Gehen. Noch einmal schaute sie sich um: „Lüge mich nicht an.

Wisse: Wer die Wahrheit begraben will, der braucht viele Schaufeln."

Hart fiel die Tür ins Schloß. Änneke erschrak und erwachte aus ihrer Betäubung. Was war das? Ein Spuk? Nein, sicher nicht. Allmählich dämmerte es ihr, dass Neina und sie selbst in Gefahr waren. Gerade wollte sie zurück ins Lager an der Ilmenau, da verkündeten die Glocken den Torschluß. Niemand kam nun mehr aus der Stadt hinaus oder herein. Änneken schauderte. Als sie am nächsten Morgen schon ganz früh hinauslief, war der Lagerplatz an der Warburg leer. Nur Aschenhaufen verrieten, wo die Morisken ihre Feuer gehabt hatten. War Neina mit ihnen fortgezogen, oder war sie verschleppt worden? Deprimiert schritt Änneke wieder der Stadt zu.

35

Eine Begegnung mit Johann von Valdenz hatte zu einer Freundschaft und zu einem für Tope überraschenden Ergebnis geführt. Valdenz hatte ihm zu günstigen Bedingungen einen seiner Meierhöfe angeboten. „Ritter Hans" hatte zugeschlagen. Damit war er nun wieder Herr über Hof und Land. Was ihm im Norden verloren gegangen war, hatte er im Süden wiedergewonnen.

Er hatte einen neuen Angelpunkt für sein Wirken gefunden, zugleich aber auch einen Ort der Ruhe, wenn er ihn benötigte. Dann war das Turmzimmer des Gebäudes sein Refugium. Besonders liebte er den Blick aus dem Fenster, so wenn der Winter seinem Höhepunkt entgegenzog, wenn der Schnee aus der Unendlichkeit herantrieb und nach dorthin offenbar wieder verschwand. Die Natur legte ein weißes Kleid an. Die Wälder schienen überzuckert zu sein. Die Seen schimmerten in ihrem Eispanzer blau-grün.

Von seinem Bruder hatte Tope einen Brief erhalten, in dem dieser berichtete, der dänische König habe für den Südteil Dithmarschens die Kornausfuhr nach Holland verboten. Es habe den Anschein, als solle dafür Korn aus Dänemark in die Niederlande verschifft werden. Könnte das nicht eine Annäherung der Dänen an die Holländer bedeuten, vielleicht sogar eine Unterstützung zu ihrem Kampf gegen die Spanier? Sollte es möglich sein, Spaniens König deswegen für eine Befreiung Dithmarschens zu interessieren?

Fragen über Fragen fielen Tope ein. Wie immer in solchen Situationen schöpfte er gleich Hoffnung. Sein Blick fiel auf den Burgunderhelm und den Degen, die an der Wand des Zimmers hingen. Es konnte doch sein, dass sie schon bald wieder gebraucht wurden.

Auch in Dithmarschen schien es zu rumoren. Topes Bruder hatte von einem geheimen Thing geschrieben, das vorbereitet werde. Dort hinzufahren und das mit einer Zusage von Verbündeten, wie dem König von Spanien, das wäre doch eine tolle Sache.

*

„Ich habe keine gute Nachricht für euch“, sprach der Sekretär Gervasius bei einem Besuch Johann Tope an. „Die Eroberer eures Landes haben einen Rechtstitel vor dem Reichskammergericht gewonnen. Der Erzbischof von Bremen hat den von ihm angestrengten Prozeß verloren. Seine Ansprüche auf Dithmarschen sind erloschen.“

Tope wußte, dass schon gleich nach der Niederlage der Dithmarscher vom König von Dänemark und beiden Herzögen von Gottorf und Hadersleben um eine Bestätigung des Vertrages zwischen ihnen und den Besiegten beim Kaiser nachgesucht worden war. Der Erzbischof hatte dagegen einen Prozeß geführt, der lange gedauert, nun aber ein schnelles Ende gefunden hatte. Der dritte Sohn des Herzogs Adolf von Gottorf war zum Administrator des Bremer Erzbischofs berufen worden. Bei seiner Amtseinsetzung sorgte er dafür, dass die Rechte Bremens an Dithmarschen an die Sieger von 1559 abgetreten wurden.

Schon vor dem 13. Jahrhundert hatte Dithmarschen zum Herrschaftsbereich des Erzbistums Bremen gehört. Tope mußte lächeln in dem Gedanken an die lange Reihe von Erzbischöfen, die versucht hatten, das Land in den Griff zu bekommen. Um einige kleine Abgaben und um das „Willkommensgeld“ bei Regierungsantritt waren die Dithmarscher nicht umhin gekommen. Echte Steuern aber hatten sie nie bezahlt, und regiert hatten sie sich auch selbst durch ihre Landesversammlung und die 48 Regenten. Auch das war 1559 vorbei. Nun regierten die Fürsten. Mit ihnen hatten die Bauern den Unterwerfungsvertrag schließen müssen, nicht mit dem Erzbischof.

Dithmarschen brauchte mehr Freunde, um sich zu befreien, das war Tope klar. Er beschloß, den Haudegen Wilhelm von Grumbach aufzusuchen, der als Freund der Bauern galt und der sich gerne für deren Ziele einspannen ließ. Grumbach hatte eine schlagkräftige Söldnertruppe zur Verfügung.

36

Sie trafen sich am Waldrand in der Nähe von Gotha. Darauf hatte Wilhelm von Grumbach bestanden. Er wollte seine Verbindungen möglichst geheim halten. Der große Mann mit dem grauen Vollbart trug einen Reiterharnisch mit Schenkelröhren. Seine lebhaften Augen musterten Johann Tope. Grumbach, von dem es hieß, er habe vor Jahrzehnten seinen Schwager Florian Geyer durch einen seiner Knechte ermorden lassen, war mißtrauisch allen Fremden gegenüber. Verfolgungen hatten ihn vorsichtig gemacht.

Dennoch zeigte er offensichtlich viel Interesse für Topes Anliegen. Ein Feldzug im Norden, um dort einen Bauernstaat zu befreien, das schien in sein Konzept zu passen. Er zeigte sich informiert über die Vorgänge im norddeutschen Raum, erklärte aber auch, zur Zeit sei er bemüht, den Herzog von Sachsen-Weimar zu unterstützen, der nach der Kaiserkrone strebe. Ihn halte er für fähig und gewillt, die Zustände im Reich zu ändern.

Tope überbrachte Grüße des dänischen Reichsrats Peter Oxe, der aus seiner Heimat verbannt worden war wegen seiner Beziehung zum Exkönig Christian II. Oxe hatte den Weg nach Lothringen gewählt. Dort habe er ihn auch getroffen, erklärte Tope. Er habe versucht, so deutete er Grumbach an, ihn auch für die Sache der Dithmarscher zu gewinnen, ebenso den Pfalzgrafen Johann von Valdenz. Von ihm habe er einen Meierhof übernommen, den er jetzt bewirtschafte, aber Freiheit genug habe, sich auch um andere Dinge zu kümmern.

Grumbach hörte sich die Ausführungen Topes an, wobei er ab und zu über den langen Bart strich. Das schien eine Angewohnheit von ihm zu sein, wenn er über etwas nachdenken mußte oder wollte. „Ich verstehe“, sagte er dann, „aber bedenkt bitte auch, dass ich erst meine Angelegenheit regeln möchte und die des Herzogs von Sachsen-Weimar.“ Danach werde es sicher für ihn ein Leichtes sein, Truppen für die Befreiung Dithmarschens aufzustellen und sie in den Norden zu führen. Er, Tope, solle nur weiter werben für seine Sache.

„Entschuldigung, eure Sache“, fügte Grumbach hinzu, „denn ich sehe ja, ihr steht nicht allein da. Ihr entschuldigt mich“, meinte er dann plötzlich, gab seinem Pferd die Sporen und ritt auf den Platz zu, an dem Tope seine Begleitung vermutete. Während der ganzen Unterredung hatte der Ritter im Sattel gesessen, entweder um zu betonen, dass er es eilig habe, oder um stets bereit zu sein für eine Flucht.

Tope schaute ihm nach. Eine Staubwolke signalisierte schon bald, dass Grumbach mit einer Begleitergruppe auf die Stadt zuritt, deren Umrisse sich vor den Bergen abzeichneten. Die Burg Grimmenstein auf dem über 300 Meter hohen Hügel überragte alles. Das Augustinerkloster war deutlich zu erkennen, auch das neue 1547 erbaute Rathaus.

Tope sah Wilhelm von Grumbach nie wieder. Als 1566 die Reichsacht über den Ritter verhängt wurde, zog der sich nach Gotha zurück, zusammen mit seinem Freund, dem Herzog. Nach dreimonatiger Belagerung nahmen 1567 Truppen unter dem Befehl des Herzogs August von Sachsen die Stadt Gotha ein. Wilhelm von Grumbach wurde gefangen genommen und bei lebendigem Leibe gevierteilt, der Herzog von Sachsen-Weimar wurde lebenslänglich hinter Gittern verwahrt.

Der letzte Versuch, eigene ritterliche Politik gegen den wachsenden Einfluß der Fürsten und deren Macht durchzusetzen, war gescheitert. Wilhelm von Grumbach stand dabei am Ende einer langen Reihe bekannter Namen wie Götz von Berlichingen, Franz von Sickingen, Florian Geyer und andere.

Doch Ritter Hans, wie Johann Tope sich ja nun nannte, gab nicht auf. Er beschloß, nach Lüneburg zu reisen und von dort zu versuchen, nach Dithmarschen zu gelangen. Er war wie ein Hund, der eine Spur nie aufgab, die er einmal aufgenommen hatte. Diese Spur hieß bei ihm: Freiheit für Dithmarschen.

37

Lärm auf dem Hof schreckte Änneke auf. Quietschend öffneten sich die schweren Tore des Hofes. Pferdegetrappel klang auf und verstummte. Männerstimmen waren zu hören. Als Änneke auf den Hof hinaus trat, kam ihr ein junger Mann entgegen. Er war groß und blond. Lange Haare fielen ihm auf die Schultern. Blonder Bartflaum umrahmte sein Gesicht. Er stellte sich als Claus Oeverländer vor. Sein Vater sei ein Freund von Johann Tope. Der sei im väterlichen Haus in Amsterdam zu Gast gewesen. Er habe gebeten, einige Waren mit nach Lüneburg zu nehmen. Da sei er also nun.

„Ihr werdet euch erfrischen wollen, tretet ein", bat Änneke mit einem gewinnenden Lächeln. Der Mann gefiel ihr. Der Niederländer folgte ihr und sah sich in der Diele um. „Schön habt ihr es hier", meinte er. Das beteuerte er noch einmal, als er mit Änneke zu Tisch saß. Sie genoß es, einen Gast zu haben. Sie erkundigte sich nach Tope. Die Auskunft fiel allerdings nur mager aus. Er wisse nur, dass Tope von Amsterdam aus nach Süden gereist sei, erklärte ihr Oeverländer. Sein Vater habe ihm erzählt, Lothringen solle das Ziel sein und dort speziell Nancy, der Sitz der Herzogenwitwe Christine, einer Tochter des einstigen Dänenkönigs Christian II.

Eine Reihe von Tagen werde er wohl noch bleiben, ging Oeverländer auf ein anderes Thema über. Er habe Ware geordert, die an das Haus Tope geliefert werden solle und die er mit in den Norden nehmen wolle. Änneke antwortete, sie habe nichts dagegen, erzählte ihm aber nicht, dass sie froh über seine Anwesenheit war. Die Angst saß ihr noch im Nacken. Stine könnte doch wieder auftauchen und ihr wieder drohen.

Claus und Änneke wurden im Laufe der nächsten Woche immer vertrauter miteinander. Kein Wunder, dass der Niederländer eines Abends die Frage stellte, wie sie denn eigentlich zu Tope stehe. „Warum wollt ihr das wissen?"

„Nun, er hat in Amsterdam zwar von Lüneburg gesprochen, soweit ich mich erinnere, aber nicht von euch", stellte Oeverländer fest. Änneke wurde hellwach. Bei einem seiner Besuche im Haus Leidseplan habe Tope seinem Vater erzählt, er habe eine Freundin gefunden. „Wer war das?" wollte Änneke nun wissen. Aus dem Tonfall ihrer Frage mußte jeder, der sie hörte, Eifersucht vermuten. Das sah auch Claus Oeverländer so. Nun war er hellwach, denn schon seit Tagen war ihm klar, Änneke sei genau der Schlag Frau, den er mochte und brauchte. Sie war hübsch, hatte sich gute Manieren angeeignet und kannte Land und Leute der Gegend, in die er wollte. Er tat so, als erinnere er sich nicht genau. „Wartet mal", sinnierte er zunächst, fuhr jedoch dann fort: „Ich glaube, da war von einer Marieke die Rede. Oder Mareike? Nein, doch Marieke."

Änneke erschauderte. Kalt lief es ihr den Rücken herab. Hatte Tope nicht immer wieder versichert, es gebe keine andere Frau außer ihr für ihn. Und nun dies. Sie entschuldigte sich bei Oeverländer. Ihr sei nicht gut, hauchte sie und zog sich ins Schlafzimmer zurück. Ruhe aber fand sie hier nicht. Traumszenen tauchten immer wieder vor ihr auf, erschreckten sie. Sie sah sich verfolgt und im Kerker. Sie sah Tope, neben dem eine Frau ohne Gesicht ging. Mareike oder Marieke? Na egal, Tope hatte gelogen.

Auch am nächsten Morgen war sie in einer Verfassung, die nichts Gutes ahnen ließ. Um so mehr traf sie eine Bitte Oeverländers wie ein Keulenschlag. Er sei bereit, in den Norden zu fahren, leitete er sie ein. Die Ware sei eingetroffen. Er erlaube sich die Frage, ob Änneke nicht mit ihm fahren wolle. Es sei sein größter Wunsch, sie bei sich zu haben. Als Änneke sich überrascht zeigte, fügte der Niederländer ganz schnell hinzu, ihm sei bewußt geworden, dass er sie liebe.

Änneke zeigte sich unsicher, obgleich sie schon seit Tagen ein eigenartiges Gefühl gehabt hatte, das seine Ursache in dem manchmal doch recht seltsamen Benehmen Oeverländers hatte. Sie bat sich einen Tag und eine Nacht Bedenkzeit aus. Die Nacht werde die

Gedanken läutern, so hoffte sie. Dabei waren die Erfahrungen mit der vergangenen ja nicht gerade ermutigend.

Oeverländer brauchte keinen Aufschub. Er sah die Sache klar. Sie hatte für ihn mehrere Seiten. Er würde nicht mehr so einsam sein. Er bekam jemand zur Seite. Auf Liebkosungen hoffte er auch. Das war doch wohl klar, daß Änneke auch auf diesem Gebiet etwas zu bieten hatte. Aber auch er würde aktiv sein müssen. Das Temperament einer so eigenständigen Frau war sicher nicht in einer Papiertüte einzufangen und zu wahren.

Änneke verbrachte wieder eine unruhige Nacht. Wie sollte sie sich entscheiden? Sollte sie weiter auf Tope warten? Und wenn er wiederkam, was würde dann sein? Was war mit der Bedrohung durch Stine, die sie zur Hexe machen wollte? Fragen über Fragen tauchten auf.

Auf der anderen Seite schien es ihr durchaus als gangbarer Weg, mit Claus Oeverländer zu gehen. Er war ein passabler Mann, sah gut aus, hatte einen Beruf. Wenn sie sich für ihn entschied, war sie in festen Händen. Er würde sie packen und festhalten. Sein Weg würde ihr Weg werden. Ihr fiel dazu das Sprichwort ein: „Wer auf dem Tiger reitet, kann nicht wieder herunter.“ Sie werde gebunden sein. Das wußte sie.

„Ich komme mit, Claus“, lautete ihre Entscheidung, die sie am nächsten Morgen verkündete. Oeverländer schloß sie schweigend in seine Arme. Die Berührung brachte seinen ganzen Körper in Aufruhr. Um nichts in der Welt hätte er auf diesen Augenblick verzichten mögen. Änneke gehörte ihm.

*

Sie fuhren durch die Heide. Die Landschaft strahlte eine tiefe Ruhe aus. Der Wind war offenbar schlafen gegangen. Claus Oeverländer ließ die beiden Frachtwagen vorweg ziehen. Den beiden Pferden vor seinem Wagen gestattete er einen gemütlichen Trott. „Die Luft verführt zum Träumen“, schwärmte Änneke. „Laß uns anhalten.“ Claus lenkte die Rosse an eine Gruppe Birken, stieg ab und half Änneke vom Wagen.

Sie gingen auf eine Mulde zu, in der das Heidekraut besonders stark wucherte. Änneke umarmte Claus und zog ihn nieder. So aufregend hatte er sich den Umgang mit ihr nicht vorgestellt. Sie stöhnte, als er ihre Brüste küßte. Er nahm sie sanft und liebevoll. Änneke streifte mit ihren Lippen seine Wange. „Du lieber Mann“, sagte sie leise.

Hatte sie das nicht schon einmal gesagt? Doch! Den Gedanken daran aber verdrängte sie schnell. Johann Tope war weit weg. Sie hatte lange nichts mehr von ihm gehört. Gewiß, sie hatte sich nach ihm gesehnt. Aber war der Mensch dazu bestimmt, immer nur zu warten? Claus küßte sie noch einmal voller Leidenschaft und drängte dann zum Aufbruch.

Die Szenen, wie die in der Heide, die Änneke das Gefühl der Zuneigung, ja Liebe gegeben hatten, wurden immer kürzer und weniger. Oeverländer zeigte sich zunehmend unruhiger. Je näher sie dem Ziel kamen, desto mehr Hast zeigte er. Änneke beobachtete, dass er viel in den Papieren blätterte, die er mit sich führte. Die Landschaft und die Orte an der Straße schienen ihn nur in einer Weise zu interessieren: Vorwärts mußte es gehen. Er murmelte manchmal auch etwas von Terminen in Heide. Schließlich fand Änneke heraus, dass er schon früher in Dithmarschen gewesen war und hier offenbar Geschäfte getätigt hatte. Die Hoffnung, dass sie ihm durch ihre Kenntnis des Landes etwas würde bieten können, erschien damit gering.

Als sie durch Heide fuhren, staunte Änneke, wie schnell hier alles wieder aufgebaut worden war. Als sie den Ort zuletzt gesehen hatte, lag er in Trümmern, zerschossen und in Flammen gesetzt von den Eroberern. Rund um den Markt waren inzwischen neue Häuser entstanden. Auf dem Platz selbst herrschte reges Treiben. Wagen und Stände waren aneinandergereiht. Reger Handel wurde hier getrieben. Da Oeverländer in einigen Häusern am Markt etwas zu besprechen hatte, ließ er seine kleine Kolonne auf dem weiten Platz halten.

Änneke erhielt Gelegenheit, sich rund um die Kirche einmal umzuschauen. Sie hatte das alte Gotteshaus als einen Bau aus Feldsteinen in Erinnerung. Die waren auch noch im Fundament vorhanden. Die Mauern aber waren mit Ziegelsteinen wieder vervollständigt. Auch die Kirche war 1559 mit niedergebrannt, machte nun aber wieder einen guten Eindruck. Einen Turm allerdings gab es nicht mehr. Der war ja gesprengt worden.

Als Änneke das Angebot an einem Stand begutachtete, an dem Gemüse angeboten wurde, hörte sie hinter sich ein Tuscheln. Eine hellere Stimme zischelte von „Hexe“ und „ins Wasser jagen“. Deutlicher war der Satz zu hören: „Denn ist sie ja wohl doch davon gekommen.“

„Hexen können das“, war eine tiefe Stimme zu vernehmen. Änneke wäre am liebsten davongerannt. Sie beherrschte sich aber und verschwand in der Menge. Als sie später wieder auf ihrem Wagen saß, liefen ihr die Tränen über die Wangen. Sie waren zurückgekehrt, die Szenen, die sie so lange unterdrückt hatte. Nun aber war es wieder wie einst. Sie glaubte wieder die Rufe zu hören: „Hexe! Hure!“

Sollte etwa die Hexenjagd erneut beginnen, von der sie gehofft hatte, sie sei endgültig vergessen? War sie vielleicht nicht doch zu leichtsinnig gewesen, als sie die Zustimmung gab, mit Oeverländer zu ziehen. Als er nun wieder auftauchte und zum Aufbruch drängte, waren Ännekes Tränen getrocknet. Die Angst aber blieb, auch er könne ein ähnliches Erlebnis gehabt haben wie sie. Irgendwer könnte gefragt haben: „Warum verkehrst du mit einer Hexe?“

38

Lakeien huschten lautlos um die Tafel. Die Musik gab sich Mühe, ein heiteres Netz um alles zu legen. Gelächter und kraftvolle Reden schallten durch den Saal. Das, was der Nachbar zur Rechten Tope riet, schien so recht zur Atmosphäre dieses Treffens zu passen. Der etwas beleibte Franzose meinte: „Ich sage euch, verbreitet um euch eine gute Laune, haltet Frieden mit allen und öffnet euch der Natur. Haltet ruhig einmal an auf dem Weg und lauscht dem Murmeln des Baches. Seid nicht taub für die Rufe des Frühlings.“

Unvermeidlich war es allerdings wohl auch, dass bei einem Treffen wie dem in Frankfurt, bei dem der Frieden unter den Völkern eine Hauptrolle spielen sollte, über den Krieg gesprochen wurde. Das Vorgehen gegen die „aufsässigen Geusen“ war schließlich der Anlaß. Unbeirrt vertrat der Franzose allerdings seine Meinung: „Krieg ist eine unnütze Aktivität. Er ist unnütz, ganz gleich, ob er gewonnen oder verloren wird. Wenn es schon Krieg geben muß, sollen die Herren, die ihn wollen, sich doch dafür eine einsame Insel suchen, auf der sie sich gegenseitig umbringen können. Es kann doch nicht der Sinne der gegenwärtigen Weltordnung sein, dass die Völker sich von Zeit zu Zeit wild bekämpfen. Die allgemeine kulturelle Entwicklung wird durch solche Eklats immer wieder zurückgeworfen.“

„Seht ihr die Sache nicht ein wenig zu einfach, mein Herr?“ ließ sich Tope vernehmen. „Welchen Stellenwert nehmen denn die Freiheit und die Unterdrückung in euren Überlegungen ein?“

„Eine gute Frage, mein Lieber, aber ihr Deutschen neigt dazu, aus allem eine Weltanschauung zu machen“, erwiderte der Franzose, nahm einen großen Schluck aus seinem Weinbecher. Dann fuhr er fort: „Das kommt darauf an, ob ein Unrecht besteht oder angenommen wird. Ein Unrecht schweigend hinzunehmen, wird leicht als Schwäche ausgelegt.“

Religiösen Fragen wich Tope aus. Auch wenn es in Unterhaltungen um Fragen über seine Flucht ging, klammerte er die religiöse Seite aus. Damit hingen sie ja auch nicht zusammen. Er war aus anderen Gründen geflohen. Ein König und zwei Herzöge hatten ein freies Land überfallen und es unter sich aufgeteilt.

Tope erzählte gerne von diesem Land, dessen Bewohner den Grund und Boden dem Meer entrissen hatten. Arbeit und Handel hätten in seiner Heimat einen hohen Stellenwert, betonte er oft. Er trug den Ruhm Dithmarschens gleichsam auf der Zunge.

Meist verloren die Gesprächspartner jedoch schnell das Interesse an dem kleinen Bauernvolk in dem fast vergessenen Winkel des Reiches. Direkt vor ihrer Haustür gab es schließlich Geschehnisse genug, die zu schlimmen Befürchtungen Anlaß gaben. Im Jahre 1566 war von Westflandern und dem Artois eine Welle von Bilderstürmern in Gang gesetzt worden. Der Wohlstand der „feindlichen Religion“ kränke die Armut der Bevölkerung, hieß es. Fanatismus und niedere Leidenschaften lösten Greueltaten aus, vor allem eine Raserei, der immer mehr Kulturgüter in den Kirchen Nordfrankreichs, in Brabant, Utrecht, Amsterdam und Groningen zum Opfer fielen. Wo die durch fanatische Prediger aufgehetzte Menschenmenge einbrach, blieben in den Kirchen geköpfte Statuen der Heiligen, zerschnittene Bildwerke und zerstörte Orgeln zurück. Tope begriff, dass die Furcht vor eigenem nahen Unheil das Leid weiter entfernt wohnender Menschen rasch in Vergessenheit brachte.

Und noch eines wurde ihm klar: Viele Menschen wünschen keine Gemeinsamkeiten mit Personen, die nicht zu ihrem eigenen Volk gehören. Sie halten sich selber für Vertreter einer besseren Menschengruppe.

Das Treffen von Köln im Jahre 1579 gab Johann Tope Gelegenheit, sich unter den Teilnehmern umzuhören, wie die politische Lage eingeschätzt wurde. Durch Zufall machte er eine besondere Bekanntschaft. Der Herzog von Terra Nova, ein Gesandter Spaniens, sprach „Ritter Hans“ in einer Pause der Verhandlungen an. Er befragte ihn nach seiner Heimat. Tope hatte nicht nur dafür gesorgt, dass er durch den neuen Namen zu ritterlichem Ansehen gelangte. Er hatte sich auch prunkvolle Kleider zugelegt, die nach außen hin eine besondere Bedeutung des Trägers signalisierten.

So war denn der Herzog auf ihn aufmerksam geworden, und er fragte interessiert nach der Entwicklung Dithmarschens. Er zeigte sich informiert über die Schlachten bei Hemmingstedt und Heide. Sicher seien die Dithmarscher ein tapferes Volk, er gab aber auch zu bedenken, das allein aber habe wohl nicht genügt. Im Zeitalter der verfeinerten Kriegskunst und der Entwicklung neuer Waffen dürfe der Anschluß nicht verpaßt werden. Das aber sei doch wohl im Fall der Dithmarscher so gewesen.

Allerdings pflichtete er Tope bei, dass seine Landsleute den Spaniern im Kampf gegen die Niederlande von Nutzen sein könnten. Sie hätten, wenn er richtig orientiert sei, auch ihr Land dem Meer abgerungen. Es gebe viele Ähnlichkeiten zwischen den Niederländern und seinem Volk, meinte Tope darauf. Wenn es aber zu einem Bündnis mit Spanien kommen sollte, müßte zuvor eine Voraussetzung geschaffen werden. Dithmarschen müsse seine Freiheit wieder gewinnen, wenn ein so mächtiger Herrscher wie Philipp II.

von Spanien dabei seine Hand biete, sei das sicher hoch willkommen.

Diesmal war Tope besser gerüstet als einst in Nancy. Er konnte eine von vierzehn vornehmen Dithmarschern gesiegelte Vollmacht vorlegen, um die er sich bemüht hatte. „Interessant, sehr interessant", murmelte der Herzog und schlug Tope vor, sich am nächsten Tag erneut zu treffen.

Am nächsten Tag schon gingen die Schreiben, die der Herzog von Terra Nova und Johann Tope verfaßt hatten, an den spanischen König ab. Eine Abschrift der Vollmacht lag ihnen bei. Nachdem der Kurier abgefertigt war, saßen der Herzog und Tope noch eine Weile gemütlich beisammen. Der Wein in den großen Pokalen schmeckte ihnen gut. Er löste die Zungen. So wurde denn Tope immer gesprächiger. Er, der sich sonst als sehr verschwiegen erwies, plauderte über seine Bemühungen, Freunde im Kampf um die Freiheit Dithmarschens zu gewinnen. Er ahnte nicht, dass dieser Abend mit dem Herzog verhängnisvoll für ihn werden sollte.

Bei einem Treffen mit alten Kriegskameraden kam der Herzog mit dem Reiterobristen von Hentrich ins Gespräch. Sie erinnerten sich an gemeinsame Abenteuer auf den Schlachtfeldern Europas. Dabei fiel auch der Name Adolf von Gottorf. Beide lobten dessen Entschlußkraft und seinen Mut. „Ich habe ihn sehr gemocht", meinte der Oberst. Hier gebe es aber auch Leute, die das so nicht unterschreiben würden, setzte der Herzog ihm entgegen.

Hentrich schwieg eine Weile, meinte dann aber, er schätze Herzog Adolf als einen Herrscher ein, der in die Zeit passe. Er sei bemüht, die lockeren Herrschaftsformen, die sich inzwischen eingeschlichen hätten endlich abzulösen. So wie er als Soldat gewesen sei, gebe er sich auch als Fürst. Zielbewußt betreibe er den Aufbau einer zentralen Verwaltung. Die Rechte des Adels habe er bereits erheblich beschnitten.

Terra Nova weihte von Hentrich dann in das ein, was er von Tope erfahren habe. Er deutete an, Spanien habe vielleicht Interesse, im Norden in den Konflikt einzugreifen. Nachdenklich verabschiedete sich der Obrist von ihm.

39

Topes Ziel blieb unverändert. Er betrieb weiterhin die Befreiung Dithmarschens vom „fürstlichen Joch“, wie er es nannte. Offenbar aber empfanden andere nicht so. Das hatte er in vielen Gesprächen feststellen müssen. Was aber sagten die Betroffenen in Dithmarschen dazu? Konnte es nicht sein, dass durch das fürstliche Regiment mehr Sicherheit für den Einzelnen und mehr Ordnung ins Land eingezogen waren?

Die schrankenlose Freiheit, die von Einzelnen durch Fehden, brutale Übergriffe und unrechtmäßige Handlungen ausgenutzt worden war, hatte viele Unsicherheiten gebracht. Wer ein harmonisches Leben aller wollte, hatte wohl so seine Schwierigkeiten mit dem Leben in Dithmarschen gehabt. Ein kluger Fürst, der das berücksichtigte, konnte durchaus jetzt seine Vorteile daraus ziehen. Leider waren nicht alle diese Herren klug in diesem Sinne. Aber es gab sie eben doch.

Derlei Gedanken brachten Tope auf die Idee, doch selbst einmal nachzuschauen. Ein äußerer Anlaß fand sich schnell. Gute Pferde waren gefragt. In Dithmarschen und Eiderstedt waren sie zu haben. Tope gewann seinen Bruder Jens, der ihm die Geschäfte auf dem Meierhof führte, für eine Reise in den Norden.

Der Pferdekauf konnte als Vorwand dienen, eine Besichtigung des Landes unter besonderen Aspekten vorzunehmen. Es galt, die Fragen zu klären, ob die Dithmarscher noch bereit waren, für die Freiheit zu den Waffen zu greifen und wo solche in Lagern verborgen waren. Tope wußte ja, dass Eweke Hunderte Gewehre nach Dithmarschen geschafft hatte. Bei seinem Aufenthalt in Köln war er einem Waffenschmied begegnet, der in Meldorf Schwerter in größerer Anzahl verkauft hatte. Aus dessen Erzählungen hatte er entnommen, dass die Männer in dem Ländchen an der Nordsee bemüht waren, sich wieder Waffen zu beschaffen. Vielleicht gelang es, sie in einem heimlichen Thing zu motivieren, in den Kampf zu ziehen.

Die Reisevorbereitungen wurden aufgenommen. Sie wurden noch beschleunigt durch einen etwas skurrilen Vorgang. Zu Topes

Angewohnheiten bei seinem Kölner Aufenthalt gehörte ein morgendlicher Spaziergang am Rheinufer entlang. Dabei traf er an einem nebligen Tag einen seltsamen Mann in altertümlichem Gewand. Der Fremde grüßte freundlich und fragte nach woher und wohin. Er sei nicht aus Köln, sagte er Tope auf den Kopf zu. Das spüre er. „Laßt mich raten", fügte er dann noch hinzu. „So wie ihr euch gebt, reagiert ein Mann, dessen Heimatland reich ist und mit Gaben der Natur gesegnet, das ein interessantes geschichtliches Erbe aufweisen kann und als dessen teuerster Besitz die Freiheit gilt."

„So ist es", antwortete Tope. „Ich bin der Dithmarscher Johann Tope, der Ritter von Lunden. Die Freiheit ging verloren." – „Dithmarschen also." Die Stimme des Mannes klang so, als sei er besonders aufmerksam geworden. „Ich habe von eurem Land gehört. Wo die Fanfare des Sieges ertönt, ist der Ruhm nicht fern."

„Ihr plant, den Weg zurück in eure Heimat zu nehmen?" Tope war, als durchbohrten die Augen des Fremden ihn. „Das stimmt", bestätigte er. „Aber woher wißt ihr das?" Der Mann ergriff Topes rechte Hand. „Man nennt mich den Seher. Man sagt, ich könne erfassen, was erst in Monaten, ja Jahren geschieht." Als der Seher einen Augenblick inne hielt, warf Tope ein: „Ihr sagt, ich wolle in den Norden, in mein Heimatland. So ist es nicht, ich muß!"

„Muß ist ein bitteres Kraut", meinte der andere. „Aber gewiß, eine gute Sache braucht Fürsprecher, und nur Männer, die sich nicht aus Streitereien heraushalten, bringen etwas in Bewegung. Aber es wird schwer sein für euch. Ein schlauer Fürst regiert im Norden. Er ist voller Ehrsucht, streckte sogar schon seine Hände nach Britanniens Herrscherin aus, allerdings vergeblich.

Erlauchten Häuptern geht es darum, ihren Durst nach Ehrsucht zu stillen, indem sie nach Ländern und Kronen greifen. Sie berufen sich darauf, dass Gott mit ihnen sei. Sie wissen, dass er mehr verzeiht, als die Menschen sündigen können."

Der Seher hielt einen Augenblick inne. „Und noch etwas, Johann Tope." Die Stimme wurde immer leiser. „Auf dem Weg nach Dithmarschen wartet jemand auf euch." Der Nebel, der immer dicker wurde, hüllte die Gestalt ein. Sie verschwand. Tope wollte nach ihr fassen. Er hätte den Mann gerne noch festgehalten und ihn gefragt, was damit gemeint war. Aber er griff ins Leere. Schnell wurde es danach heller. Erste Sonnenstrahlen tasteten sich durch die Wolken. Der Nebel wurde von der Landschaft fortgezogen wie ein Vorhang. Der helle Tag begann.

Grübelnd kehrte Tope zu seinem Quartier zurück. In einer kleinen Gasse, die von hohen Häusern eingerahmt war, begegnete ihm eine junge Frau. Sie warf ihm einen flüchtigen Blick zu. Auf ihren schmalen Lippen lag ein zauberhaftes Lächeln. Tope lächelte zurück. Begierde wurde in ihm wach. Er drehte sich noch einmal nach der Frau um. Ihre Schönheit hatte ihn angesprochen. Plötzlich wurde ihm klar, was der Seher am Ende seiner Prophezeiung gemeint hatte: „Auf dem Weg nach Dithmarschen wartet jemand auf euch." Änneke wartete dort. Das war gemeint.

40

Von der Höhe vor Schleswig aus hatte Oberst von Hentrich eine fabelhafte Aussicht. Er gab dem Kutscher ein Zeichen, einen Augenblick zu halten. Das große, weiße Schloß zog den Blick auf sich. Breite Gräben umgaben es. Ein Bollwerk präsentierte sich hier, umgeben von lieblicher Landschaft. Auf einem See am Schloß zogen Schwäne mit ihrem Nachwuchs ihre Kreise. Baumgruppen und Wälder bildeten eine abwechslungsreiche Kulisse, in die die Dächer der Häuser farbige Tupfer setzten. Der Turm des Domes ragte daraus hervor. Die Schlei, die im Sonnenschein blinkte, setzte einen Kontrast dazu.

Schloß Gottorf: Herzog Adolf hatte davon erzählt, als er mit ihm an einem Feldzug in Frankreich teilnahm. Der Oberst gab ein Zeichen. Der schwere Reisewagen rollte bergab und fuhr auf Schleswig und das Schloß zu.

Zwei Diener erwarteten Oberst Hentrich am Tor von Schloß Gottorf. Einer half ihm beim Aussteigen aus dem Reisewagen, der andere bat ihn, in das Gebäude zu folgen. Der Oberst verweilte einen Augenblick. Er schaute an den mächtigen Mauern hoch. „Ein prächtiger Bau“, dachte er. Durch die Eingangshalle führte ihn der Bedienstete die Treppe hinauf und durch eine Reihe von Zimmern bis zum herzoglichen Gemach. Er bat einen Augenblick zu warten. Als er den Namen des Besuchers wissen wollte, meinte dieser, der tue nichts zur Sache. Er sei ein alter Bekannter des Fürsten.

Das wurde bei der Begegnung der beiden deutlich. Sie umarmten sich herzlich. „Willkommen in Gottorf. Was führt euch in den hohen Norden?“ wollte der Herzog wissen. „Euer Wohl, lieber Kamerad“, meinte von Hentrich. „Mein Wohl? Dazu gehört doch erst einmal ein guter Tropfen“, lachte der Hausherr und beauftragte den Diener, der auf sein Glockenzeichen herbeieilte, einen Krug guten Weins zu holen.

„Wann sahen wir uns zuletzt“, eröffnete Herzog Adolf danach wieder das Gespräch.

„Anno 1567 als wir gegen Wilhelm von Grumbach zogen, über den der Kaiser die Reichsacht verhängt hatte und den wir nachher nur noch in vier Stücke geteilt zurückließen.“ Von Hentrichs Antwort brachte den Herzog zum Lachen.

„Was ich euch heute zu sagen habe, Durchlaucht, ist ernster Natur. Ihr seid in Gefahr. Johann Tope, der sich auch Ritter Hans von Lunden nennt, versucht, mächtige Freunde zu sammeln, um mit ihnen die Freiheit Dithmarschens wieder herzustellen. Im Augenblick liebäugelt er mit dem spanischen König Philipp II. Er hat ihm umfassende Unterlagen zugesandt über euer Land. Er hofft, der König werde helfen, Dithmarschen zu befreien und somit Helfer gewinnen, die mit in die Niederlande ziehen.

Mein Landesherr Philipp von Hessen geriet wegen der Verwandtschaft zu euch in Sorge. Er möchte euch schützen und warnen. Sobald Tope positive Nachrichten vom spanischen König erhält, wird er sich nach Dithmarschen begeben, so heißt es. Er will dort Verbindung aufnehmen zu den Männern, die ihm die Vollmacht für Verhandlungen unterschrieben haben.

Er werde zunächst nach Dithmarschen ziehen, habe Tope einem Kriegsknecht anvertraut. Tope wolle aber auch in ein bis zwei Jahren eine Frau in seine Arme schließen, die er in Lüneburg zurückgelassen habe. Vorher solle aber – so ist seine Zielsetzung – seine Heimat frei sein, das habe er dem Herzog von Terra Nova gesagt.

Wenn man den Mann also nicht bei seiner ersten Reise in den Norden erwische, gelinge es vielleicht, ihn in Lüneburg festzusetzen."

Herzog Adolf hatte mehrmals bei dem Gespräch die Stirn in Falten gezogen. „Sehr interessant", meinte er, als von Hentrich geendet hatte. Er werde den Bericht zum Gegenstand eines Gesprächs mit seinem Kanzler machen. Zunächst aber sprachen beide, der Fürst und sein Gast, kräftig dem Rotwein zu, der sich als vollmundig und verführerisch erwies. Er regte zu einem Gespräch über einstige Ereignisse auf den Schlachtfeldern an, die beide kennengelernt hatten, ebenso wie zum Austausch über Fürstenhöfe, denen sie in der Vergangenheit begegnet waren.

Nach einigen Tagen verließ von Hentrich das Schloß wieder. Er zeigte sich befriedigt vom Ergebnis seiner Mission. In seiner guten Meinung über Herzog Adolf fühlte er sich bestätigt. Die Landschaft, die er auf seinem Heimweg durchfuhr, bot einen freundlichen Anblick. Wälder bestimmten einen Teil der Kulisse. Die Felder und Weiden ließen auf eine gezielte Bewirtschaftung schließen. Heideflächen sorgten für Abwechslung. Die Straßen und Wege waren belebt.

Als er die Eider erreichte, beschloß der Oberst, an ihr entlang bis nach Dithmarschen zu ziehen. Er wollte das Land kennenlernen, von dem Ritter Hans soviel erzählt hatte.

41

Fuhrwerk und Reitpferd waren gut untergebracht. So konnte der Oberst sich in Ruhe Heide ansehen. Es traf sich gut, dass er an einem Sonnabend hier angekommen war. Der weite Marktplatz war voller Leben. Überall wurde gekauft und verkauft. Pastor Hyronimus Müller, bei dem von Hentrich sich über den Ort informiert hatte, erwähnte den Gasthof von Johann Wiintapper. Den suchte der Oberst nun. Als er in die Nähe des Hauses kam, hörte er lauten Streit. Plötzlich flog die Tür des Gasthauses auf und ein Pulk Männer stürmte heraus. Ein unbewaffneter Mann wurde von drei Gestalten, die kurze Schwerter in den Händen trugen, verfolgt. Sie konnten dem Flüchtenden im dichten Getümmel des Marktes nur schwer folgen. Schließlich gelang es ihnen doch. Inzwischen hatte jemand dem Verfolgten ein Schwert zugeschoben. Er wurde von seinen Peinigern umkreist, erhielt aber dann Hilfe durch den Gastwirt, einen großen Mann mit einem wilden Bart, der einen starken Knüppel schwang.

Plötzlich brach der älteste der Verfolger, von einem Schwertstreich getroffen, zusammen. Aus einer großen Wunde am Bein strömte viel Blut in den Sand. Den Augenblick der Verwirrung nutzte der Verfolgte, der aus dem Rücken blutete, um zu entkommen. Ein Verfolger setzte ihm nach, wurde aber ebenfalls durch einen Schlag mit dem Kurzschwert gestoppt. Knechte des Landvogts griffen ein. Sie packten den Fliehenden und versuchten, ihn in Richtung Gefängnis zu ziehen. Marktbesucher stellten sich ihnen in den Weg.

Oberst von Hentrich hatte bisher zugesehen, ohne Bewegung zu zeigen. Plötzlich kam ihm eine Idee. Er griff in seinen Beutel, packte eine Hand voll Münzen, warf sie in die Menge und schrie laut: „Geld, Geld für alle. Wer's findet, kann's behalten." Die Reaktion, die auf seinen Eingriff folgte, hatte er selbst nicht erwartet, obgleich er schon einmal einen Streit unter Soldaten auf ähnliche Weise beendet hatte. Schlagartig ließen die Streitenden voneinander ab. Auch die Knechte des Vogts suchten eifrig nach den Münzen. Dadurch gelang es dem Festgenommenen zu entkommen.

„Das war ein tolles Stück", meinte der Mann, der dem Obersten von hinten auf die Schulter tippte. „Ihr seid fremd hier", fügte er dann hinzu, als von Hentrich sich umdrehte. Er stellte sich vor: „Peter Denker." Ehe der Oberst etwas erwidern konnte, lud Denker ihn zu einem Humpen Bier ein. „Hamburger, das ist besser als das heimische, freilich auch teurer. Prost!"

Von Hentrich, der vermeiden wollte, daß er nach seinem Namen gefragt wurde, erkundigte sich schnell, was denn da eigentlich los gewesen war. „Das hätte ich denn doch gerne gewußt." – „Ach, einer der üblichen Händel beim Pferdekauf. Diesmal aber floß sogar Blut. Zwei Tote, etwas zu grob das Ganze, findet ihr nicht auch?" – „Zwei Tote?" fragte von Hentrich nach. Auch der zweite Verfolger sei gestorben, erklärte darauf Peter Denker. Peter Jürgens, der Mann also, der verfolgt wurde, sei entkommen. „Dank ihrer Hilfe", fügte Denker lächelnd hinzu. „Woher die Schwerter kamen, weiß ich auch nicht. Im Jahr 1559 mußten alle abgeliefert werden. Aber inzwischen hat ja wohl jeder wieder eine Waffe. Man hört so allerhand von heimlichen Quellen. Wenn der Dithmarscher eine Waffe in der Hand spürt, wächst er über sich hinaus."

Der Oberst nickte. „Das habe ich gespürt. Hitzige Leute sind das hier. Mit Schwertern können die verdammt gut umgehen." – „Mit anderen Waffen auch", fügte Denker hinzu. „Ein tolles Volk, diese Dithmarscher", meinte er noch, bevor sie auseinander gingen.

Ein tolles Volk, das dachte der Oberst auch, als er am nächsten Tag gen Osten ritt, vorbei an der zerstörten Schanze, auf der nun ein Galgen aufragte. Er hatte sich inzwischen einiges aus der Geschichte des Landes erzählen lassen. Er hatte vom Martyrium Heinrichs von Zütphen gehört, dem Protestanten, der 1524 sterben mußte, weil die Dithmarscher noch fest im alten Glauben standen. Wenige Jahre später wurde jedoch auch hier Luthers Protestantismus eingeführt.

Von der Schlacht bei Hemmingstedt hatten ihm in Heide Leute mit Stolz berichtet. Von der Letzten Fehde des Jahres 1559 schwiegen sie lieber. Über die gegenwärtige Lage war auch nichts zu erfahren. Was ging das auch einen Fremden an.

42

Drei Tage später war Johann Tope mit einem kleinen Trupp Reiter unterwegs in den Norden. Der Bruder Jens war dabei. Vier Reiter folgten. Auf einen Wagen wurde verzichtet. Das hätte eine langsamere Reise bedeutet. Tope legte Wert darauf, schnell vorwärts zu kommen. Mit Geld war er gut versorgt. Durch mehrere Länder führte sein Weg: Nassau, Hessen und Braunschweig, Endziel war zunächst Lüneburg. Viele Wege kannte Tope schon von seinen Reisen durch das Land. Die Türme Frankfurts waren ihm vertraut, ebenso die Silhouette Hildesheims mit dem Dom und der Michaeliskirche. Je näher sie Lüneburg kamen, desto mehr trieb Tope zur Eile. Er wollte die Antwort auf seine Fragen, die Änneke betrafen. Für das Land ringsum hatte er oft keinen Blick. Der Frühling hatte der Landschaft als Grundton ein sattes Grün beschert. Daraus quollen immer mehr andere Farben auf, vom vollen Rot und zarten Rosa über prahlendes Weiß und Gelb bis zum stillen Blau. Schlummernde Samenkörner waren aufgegangen, von der wärmenden Sonne geweckt. Dichtes Gras schoß neben den Wegen auf. Der Lenz webte ein buntes Bild.

Johann Tope war während des ganzen Ritts ziemlich schweigsam. Er dachte an Änneke. Hatte er sie wirklich so vernachlässigt, wie er es sich in den vergangenen Tagen vorwarf. Hatte er sie wirklich zeitweise ganz aus seinem Gedächtnis verdrängt, als er nach Margriet suchte in Amsterdam oder als er eine junge Prinzessin von der Pfalz in die Arme schloß? Konnte er Änneke unvoreingenommen entgegentreten? Wohl kaum. Was würde sie sagen? Fragen über Fragen, die ihm die Lust nahmen, mit den anderen zu reden.

Das einzige Thema, das erörtert wurde, bezog sich auf die Bereitschaft der jüngeren Generation in Dithmarschen, bei der Befreiung mitzuwirken. Jugend neige immer zur Revolution, meinte Johann Tope dazu. Außerdem habe sie dem Herzog keine Treue geschworen. Sie könnte sich also freimachen für einen Waffengang.

Topes Sorge um Änneke nahm eine feste Form an, nachdem die sechs Reiter in den Hof des Hauses am Ochsenmarkt in Lüneburg eingeritten waren. Das geschah nicht gerade still und leise. Eigentlich hätte Änneke herausstürmen müssen zur Begrüßung. Das jedenfalls erwartete Johann Tope, als er aus dem Sattel sprang. Etwas verwirrt faßte er an die Tür des Hauses: Verschlossen! Als er gegen ein Fenster klopfte, war ein dumpfes Echo zu hören, mehr nicht.

Schließlich öffnete sich die Kellertür. Der Verwalter Meister Himpe erschien, blinzelte in die Sonne und erkannte seinen Chef nicht gleich. Er entschuldigte sich dafür. „So sehr habe ich mich doch wohl nicht verändert“, lachte Tope, schickte aber auch gleich die Frage hinterher: „Wo ist Änneke?“

Der Mann mit der Ledermütze zögerte mit der Antwort. „Wo ist sie?“ drängelte Tope. „Sie ist nicht mehr hier“, erhielt er zur Antwort. „Sie ist vor drei Wochen mit Oeverländer in den Norden gezogen."

„Was heißt hier Oeverländer?" Die Frage klang barsch. „Der alte Oeverländer?"

„Nein", bekam er zur Antwort. „Ein jüngerer Herr. Er trug einen blonden Bart und lange Haare. Ich glaube Claus hieß er, ja richtig: Claus war sein Name."

„Warum ist Änneke mitgefahren? Hatte sie Heimweh?" Der Verwalter zögert mit der Antwort. „Sie waren ...", fuhr er dann aber fort. „Naja, mir schien, sie waren recht vertraut miteinander."

Tope brach das Gespräch ab. Er bat die Reiter in sein Haus und um Verzeihung, wenn es etwas unwohnlich sei. Er selbst war erschöpft von dem scharfen Ritt auf der letzten Wegstrecke vor Lüneburg. In den nächsten Tagen überraschte er sich immer wieder dabei, dass seine Gedanken von den Geschäften abschweiften, die vor der weiteren Reise zu erledigen waren. Sie glitten immer wieder ab in den Norden, Änneke hinterher.

*

Die sechs Reiter kamen flott voran auf ihrem Weg nach und durch Schleswig-Holstein. Die größeren Städte mieden sie meistens. Auf einen Besuch des Schlachtfeldes von Hemmingstedt aber wollte Johann Tope nicht verzichten. Sein Bruder Jens riet zwar ab, weil er meinte, dort sei es zu gefährlich. Er stimmte seinen Bruder aber nicht um.

Johann Tope zeigte sich denn aber doch enttäuscht. Ein breiter Weg schlängelte sich durch das Land von Meldorf nach Norden. Er durchschnitt die im Jahre 1500 aufgeworfene Schanze kurz vor Hemmingstedt. Hier lag der Punkt, an dem sich damals die Schlacht entschied. Nur zwei leichte Erhöhungen waren von der Schanze geblieben. Hinweise auf die historische Bedeutung dieses Fleckens Erde gab es nicht. Auch das Grab, in dem Wulf Isebrand hier beigesetzt worden war, konnte nicht aufgefunden werden. Die Sieger von 1559 waren wohl bemüht gewesen, alle Erinnerungen an eine vorher erlittene Schmach zu tilgen. Nach kurzem Aufenthalt trieben die Reiter ihre Pferde weiter nach Norden.

Von Gefahr, wie sie Jens befürchtet hatte, war aber nichts zu spüren. Hemmingstedt schien vergessen zu sein.

43

Da lag sie also, die alte Heimat Lunden an der moorigen Geest und der weiten Marsch am Rande einer Düne. Auf deren höchstem Punkt ragte die Kirche auf. Menschen hatten die umliegende Marsch dem Meer abgewonnen. Immer wieder hatte in den vergangenen Jahrhunderten die See versucht, sich etwas davon wieder zu holen.

Johann Tope erinnerte sich an die Erzählungen seiner Großmutter. Da war von der „Gallusflut" die Rede gewesen im Jahr 1483. Aber das war Geschichte. Die Ahnen, die das noch erlebt hatten, waren längst auf dem Geschlechterfriedhof neben der Lundener Kirche zur letzten Ruhe gebettet worden.

Tope ließ den kleinen Reitertrupp an einem Gebüsch halten. Er wollte zusammen zunächst mit seinem Bruder Jens allein ins Dorf reiten. Sie hatten beide ihre alte Heimat zuletzt 1559 vor der Schlacht um Heide gesehen. Inzwischen mußte sich dort viel verändert haben. Eine reiche Einwohnerin hatte ihr Haus nach der Niederlage 1559 angezündet. Die Flammen waren auf die Kirche übergesprungen und hatten dann noch 120 weitere Gebäude vernichtet.

Die Sonne verfärbte sich schon, zog ihr nächtliches rosarotes Gewand über, als die beiden Brüder weiter gen Lunden ritten. Leichte Nebelschleier begannen, das Land zu überziehen. Als sie den Ortsrand erreichten, versuchten sie sich zurechtzufinden. Die Häuser waren meist neu, kleiner als früher. „Hier muß Hanno Bielike wohnen", meinte Jens, als sie vor einem der Gehöfte anhielten. Sie klopften an das Tor. Nur zaghaft wurde ihnen geöffnet. Die Begrüßung fiel jedoch recht herzlich aus, als der Hausbesitzer erkannte, wer ihm da begegnete. „Ist es also doch wahr, was gemunkelt wurde. Du seist auf dem Weg in den Norden, hieß es. Willkommen Johann, willkommen Jens.“ Bielike zog die Brüder in die Diele, wo sie auf der Bank Platz nahmen.

„Ehe wir weiter reden eine Frage. Hast du Platz für uns und unsere vier Reiter für eine Nacht?“ wollte Tope zunächst wissen. „Platz genug“, antwortete Bielike prompt. Eine halbe Stunde später tauchten die Reiter auf, die Jens herangeführt hatte.

Als alle abends beim Warmbier saßen, wurde Johann Tope klar, warum ihnen bei ihrer Ankunft die Tür nur so zaghaft geöffnet worden war: In der Nacht vorher hatte es einen Vorfall gegeben, der zur Vorsicht mahnte. Dunkle Gestalten waren nach Mitternacht in den Ort eingedrungen. Sie hatten Volko Fresensone und Nanne Wedeke aus ihren Betten geworfen, ihnen Knebel in den Mund geschoben, sie gefesselt und ihnen Säcke über den Kopf gezogen. Danach begann für die beiden Gefangenen ein qualvoller Marsch nach Wollersum, wo das Schiff Johann Frantzens am Eiderufer vertäut lag. Frantzen galt als einer der kühnsten Seeräuber jener Tage. Wieso sie in seine Fänge geraten waren, erfuhren die beiden Gefangenen aber erst, als ihnen auf See vor Büsum die Fesseln abgenommen wurden.

Fresensone und Wedeke galten in Lunden als Spitzel des Herzogs. Sie hatten Verbindung zu dem Staller von Eiderstedt, Kaspar Hoyer. Von ihm stammte der Auftrag, ihm sofort zu melden, wenn Johann Tope im Ort auftauchte. Dass die beiden nun von der Bildfläche verschwanden, wertete Tope als Zeichen, dass es noch eine Organisation gab, die seine Bemühungen unterstützte. Irgendwer mußte von dem Auftrag an die Spitzel erfahren haben und hatte sie aus dem Verkehr gezogen. Es bewegte sich denn wohl doch noch etwas in Dithmarschen in Richtung Freiheit. Es galt nun, diese Leute aufzuspüren, zu aktivieren und zu unterstützen.

44

Das vornehmste Gasthaus war die „Gelbe Lampe“ in Tönning sicher nicht. Seeleute verkehrten hier, Männer, die am Hafen arbeiteten, Kriegsknechte, die auf dem Marsch nach Norden oder Süden waren. Und dann gab es hier natürlich Frauen, solche von der Sorte, die in den vornehmeren Familien des Ortes als Weiber oder gar Huren bezeichnet wurden. Das Mobiliar des Hauses war entsprechend deftig. Das mußte es auch sein bei dem Menschenschlag, der hier verkehrte. Da krachten die Humpen schon einmal kräftig auf die Tischplatte, fielen Bänke um und patschten dreckige Stiefel durch die Lachen vergossenen Bieres auf dem Boden. Eigentlich war der Gerstensaft, den Wirt Kannebold seinen Gästen servierte, viel zu schade, verschüttet zu werden. Er verstand sein Gewerbe und braute ein wirklich gutes Bier. Dass er auch gerne selbst etwas davon trinken mochte, war an seinem massigen Körper und dem wohlgerundeten Bauch abzulesen. Er war ein kräftiger Kerl, der schon bei mancher Rauferei die streitenden Parteien in die Schranken verwiesen hatte.

Jens Tope hatte sich unter die Gäste in der „Gelben Lampe" gemischt. Er hatte sich vom Trupp seines Bruders getrennt, um eigenen Geschäften nachzugehen. Der forsche Ritt von Lunden nach Norden hatte ihm Durst eingebracht. Den wollte er nun löschen. Dafür sei die „Gelbe Lampe" der richtige Ort, hatten die Leute ihm unterwegs erzählt. Auf dem Gebiet des Bierbrauens sei Hannes Kannebold ein Spezialist. Sie hatten recht behalten. Das Bier war außerordentlich schmackhaft. Die Rast tat ihm wirklich gut, dachte Jens Tope. Anders hätte er wohl überlegt, wenn er gewußt hätte, was sich wenig später ereignete.

Drei Männer betraten den Gastraum. Zwei waren bewaffnet und sahen nach Soldaten des Herzogs aus. Der dritte war eher wie ein Beamter gekleidet. Er wies auf Tope und rief: „Das ist er!" Da Tope unbewaffnet war, warf er einem der Angreifer den Bierkrug ins Gesicht. Er stürzte den Tisch um und packte die Bank, auf der er gesessen hatte. Damit versuchte er die Soldaten abzuwehren.

„Oho, der ist stark!" war von irgendwo zu hören. Aber auch dem Stärksten schwinden einmal die Kräfte. Schließlich bekamen die Soldaten Jens Tope in den Griff. Bevor sie ihn nach draußen schleppen konnten, stellte sich ihnen der Wirt entgegen. „Was geht hier vor", wollte er wissen. „Der wird gesucht. Das ist ein Dithmarscher, ein Rebell", antwortete der unbewaffnete Begleiter der Soldaten. „Ach so, ein Dithmarscher Rebell", murmelte der Wirt und gab den Weg frei.

Zunächst wehrte Jens sich noch, dann gab er das unter dem festen Griff der Soldaten auf, die ihn ins Tönninger Gefängnis schleppten. Dort reihte sich Verhör an Verhör. Vor allem wollten die Vernehmenden Namen von ihm erfahren. Dass Johann Tope im Land irgendwo versteckt lebte, wußten sie offenbar. Zuletzt drohte der Staller, der oberste Vertreter des Herzogs, mit der Folter. Jens Tope nahm dies offenbar gelassen hin.

45

„Nun spuck schon aus“, rief der Folterknecht und zog die Daumenschrauben an. „Sag endlich, wer die Dithmarscher waren, mit denen dein Bruder in Beziehungen stand.“ Jens Tope war kaum noch bei Verstand. Sein Blick irrte über die Decke des Kellers, in dem die Folterwerkzeuge untergebracht waren. Die Einzelheiten des Gewölbes begannen zu verschwinden vor seinen Augen. Der Schmerz verstärkte sich, er kroch an den Armen hoch und lähmte die Schultern. Mühsam formten seine Lippen einen Namen: „Klaus Poppe aus Stade.“

„Stade? Das liegt nicht in Dithmarschen“, knurrte der Henkersknecht. Er begann wieder an der Daumenschraube zu drehen, erst an der einen Hand und dann an der anderen.

Jens schrie: „Vocke Möller aus Meldorf.“ – „Schon besser“, stellte der Mann im blutroten Kittel fest. Er machte Miene, weiter zu drehen. „Nein, nicht“, stöhnte Jens auf. „Hans Denker aus Lunden, Boje Nanne Denker und Schennes Johann aus Hemmingstedt.“ Die Namen klangen wie Seufzer. Die Stimme brach fast und wurde immer leiser. Jens fiel in Ohnmacht. „Genug erstmal“, erklärte der Protokollant. „Es reicht fürs erste.“

*

Als Jens Tope in der Nacht erwachte, hatte er das Gefühl, etwas war anders als sonst. – Der Mond schien wie immer, nur schwach durch das Fenster, und doch kam es dem Gefangenen so vor, als gebe es eine Veränderung. Er tastete sich zur Tür. Ein freudiger Schreck durchfuhr ihn. Sie war offen, war nur angelehnt. Tope schlüpfte hinaus. Er schlich durch das Gebäude. Nirgendwo war abgesperrt. Das gab ihm Mut. Er öffnete ein Fenster, stieg aus. Durch den Schloßgarten gelangte er unbemerkt an die Eider. Auf der anderen Seite des Flusses lag Dithmarschen im Mondlicht.

Jens Tope setzte sich auf einen Baumstumpf und schaute hinüber. Die aufgehende Sonne vertrieb den Nebel vom Fluß und vom Land an beiden Ufern. Sie machte damit auch den Blick frei auf ein kleines Boot, das neben einer Buschgruppe lag. Tope starrte auf diesen Flecken Erde und schlich an den Fluß hinunter. Als er unter dem Gebüsch dann auch noch ein Ruder fand, stieg er in den Kahn und ruderte seiner Heimat entgegen. Er sollte sie nie erreichen.

Einige Tage später wurde das Boot am Südufer der Eider bei Wollersum angetrieben. Es schwamm kieloben. Eine der Planken war zertrümmert. Es sah nach einem Einschuß aus. Nie wurde aufgeklärt, welche Tragödie sich auf der Eider abgespielt hatte. War Jens Tope einem der Posten am Fluß vor die Flinte gerudert? Warum konnte er überhaupt aus dem Kerker entfliehen. Stimmte die Version, der Herzog habe angeordnet, ihn freizulassen, nachdem alles aus ihm herausgequetscht worden war. Die Eider barg jedenfalls ein Geheimnis mehr.

Das Verhör Jens Topes hatte die Bestätigung erbracht, dass Johann Tope sich mit Plänen zur Befreiung Dithmarschens abgab. Er selbst, so hatte Jens Tope angegeben, sei nur mitgeritten, um sich in Eiderstedt Pferde zu kaufen.

46

Der weiße Stab war umgegangen. Das war ein Brauch, der nach 1559 nie wieder in Gang gesetzt wurde. Bis dahin erhielt jeder freie Dithmarscher die Stafette, wenn zur Landesversammlung gerufen wurde. Jetzt lief die Aktion geheim. Nur diejenigen wurden aufgerufen, die gewillt waren, am Kampf um die Freiheit des Landes teilzunehmen. Sie meldeten sich bei einem Vertrauensmann. Er gab erst den Versammlungsort und das Datum preis.

Während die Boten auf ihren Pferden durch das Land jagten und immer wieder mahnten, Thingzeit und Ort geheimzuhalten vor der Familie und dem Gesinde, saßen in der Nähe von Weddingstedt auf einem Hof sechs Männer am Tisch, um zu besprechen, was in der Zusammenkunft zu beschließen sei. Zunächst einmal ging es um die Vorsichtsmaßnahmen, die getroffen worden waren. „Auch in der Arche Noah soll es schwarze Schafe gegeben haben", meinte Heiko Weerts. „Wer weiß, ob unter unseren Leuten nicht doch Verräter sind. Auf alle Fälle müssen genug Wachen aufgestellt werden. Unsere Landesversammlung muß gut geschützt sein."

„Wieso Landesversammlung?" klang es aus der Runde. „Dies ist ein Thing. Eine Landesversammlung wurde von den 48 Regenten geleitet. Dass wir so etwas wieder bekommen, ist unser Ziel", mußte Weerts sich belehren lassen. Einig wurden sich die Männer, dass die Versammlung auch nicht nur ein Protest sein sollte. Vielmehr müsse sie zu konkreten Ergebnissen führen, der Konzeption eines Aufstandes etwa oder einer klaren Forderung an den König und die Herzöge. Es solle um die Verwirklichung des Rufes gehen: Freiheit für Dithmarschen.

Der Tag des Treffens derjenigen, die danach strebten, war festgesetzt. Der Ort war mit Bedacht gewählt. Die Stellerburg sollte es sein, eine Wallanlage, die vor Jahrhunderten der Landesverteidigung gedient hatte. Das Innere bot Platz für viele Männer. Von den Wällen aus war das Land weithin zu übersehen. Die Annäherung von Störenfrieden konnte früh bemerkt werden.

Es dunkelte bereits. Die Kerzen waren entzündet, als in der Männerrunde die Frage auftauchte: „Wir wollen Freiheit. Was genau ist damit gemeint? Die Freiheit, wie sie unsere Väter kannten, als sie noch unbegrenzt schien? Oder nur die Freiheit für das Land?"

„Keine leichte Frage", meinte Christian Offe, der Älteste. „Fragt lieber, was Unfreiheit ist. Das ist leichter zu beschreiben. Der Mann im Kerker ist unfrei, ebenso der Sträfling auf einer Geleere oder der Soldat, von dem man Gehorsam verlangt, obgleich die Ausführung eines Befehls den Tod bedeuten kann. Unfrei ist sogar das Weib eines herrschsüchtigen Mannes. Die Unfreiheit hat viele Gesichter.

Vielleicht hat die Freiheit auch nicht nur ein Gesicht. Uns geht es um die Freiheit des Landes, die den Schutz des Einzelnen vor Willkür einbezieht. Wir wollen die Befreiung unseres Landes von der Fürstenherrschaft. Gott kann nicht gewollt haben, dass die Erde nur wenigen gehört."

Begeistert sprangen alle auf und stimmten noch einmal ein in den Ruf nach Freiheit. Nur Claves Nagel hob den Kopf: „Bedenkt aber auch, dass es heute nach zwanzig Jahren Fürstenherrschaft schon Leute gibt, denen zuviel Freiheit unbequem ist, weil sie eigene Initiative fordert. Sie finden es bequemer, auf Anordnung zu handeln. Sie wollen keine Verantwortung tragen. Sie wiegt ihnen zu schwer." Eine Antwort bekam Claves Nagel nicht mehr. Offe drängte zum Aufbruch. „Morgen in der Stellerburg", lautete der Abschiedsgruß.

47

Änneke arbeitete in der Küche. Sie putzte Gemüse für eine Suppe, als von der Haustür her ein Klopfen zu hören war. Als sie hinging und die Tür öffnete, rief sie erstaunt: „Hans Junge, ihr?" Am frühen Morgen hatte sie den Mann aus Lehe nicht erwartet. „Was verschafft uns so früh die Ehre eures Besuchs. Tretet doch näher." Der Mann mit dem blassen Gesicht fragte: „Ist Oeverländer nicht da?" – „Nein", antwortete Änneke mit einem Lächeln. „Aber vielleicht kann ich etwas für euch tun."

Junge verneinte das und sah verlegen auf den Boden. „Es geht um meine Jungen, ich meine Claus und Reimer. Oeverländer hat ihnen Geld geliehen. Sie können es im Augenblick nicht zurückzahlen, ich auch nicht. Nun hat er meine beiden Jungen einsperren lassen und will ihnen den Prozeß machen. Ich möchte ihn bitten, doch noch etwas zu warten."

Junge machte einen Augenblick Pause, als erwarte er eine Antwort. Dann aber fuhr er fort: „Ist Oeverländer mit zur Stellerburg geritten?" – „Nein", antwortete Änneke. „Was sollte er dort?" – „Wenn er dort wäre, droht ihm Gefahr, ihm und den anderen. Ich könnte ihn warnen. Aber vielleicht interessiert sie ihn nicht, die Freiheit Dithmarschens, sondern nur das Geld, das hier zu holen ist." Das klang verbittert.

Änneke tat, als überhöre sie den Vorwurf. Sie wollte vielmehr wissen, wer denn mit den „anderen" gemeint sei. Junge war sich sicher, dass dort eine Menge aus dem Land selbst zusammenkäme. Aber auch andere seien im Anmarsch. So habe er gehört, Johann Tope sei mit Gefolge im Land und wolle zum Thing. „Tope", schrie Änneken auf. „Tope, was will der hier?" Junge schaute sie an: „War er denn noch nicht hier? Gut, dass ich mich nicht habe überreden lassen, denn zwei Kavallerieeinheiten sind unterwegs. Sie sollen die Versammlung auf der Stellerburg sprengen." Damit wandte Junge sich zum Gehen.

Er ließ Änneke voller Zweifel zurück. Was hatte sie gehört? Tope hier und in Gefahr? Da mußte doch etwas geschehen. Die Männer mußten gewarnt werden. Oeverländer war nicht da. Der hätte sich ohnehin um diese Sache nicht gekümmert. Für ihn zählte nur das Geschäft, und in die Freiheit hätte er keine Mark investiert.

Ihr Verhältnis zu ihm war ohnehin in den vergangenen Monaten schlechter geworden. Oft betrachtete er sie mißtrauisch. Als er an diesem Morgen fortfuhr, hatte er gesagt, er habe noch ein Hühnchen mit ihr zu rupfen. „Warte nur, wenn ich zurückkomme", hatte er mit Groll im Unterton gemeint. Doch das zählte nun nicht. Das Bild von Oeverländer trat vor dem von Johann Tope zurück. Er war in Gefahr, ihm mußte geholfen werden.

Unruhig lief Änneke durchs Haus. Im Stall scharrte Oeverländers Reitpferd im Stroh. Sonst war kein Lebewesen da. Wie ein Blitz traf Änneken der Gedanke: Wenn keiner sonst da ist, die Männer zu warnen, dann mußt du das eben tun. In Eile zog sie die Reitkleider Oeverländers an. Sie waren freilich etwas zu groß, aber was machte das schon. Das Pferd schien offenbar erfreut, einmal aus dem Stalle heraus zu kommen. Munter trabte es in die Marsch hinunter.

48

Es lag etwas in der Luft in Dithmarschen. Wissende warteten auf das Thing und dessen Folgen. Wer nichts ahnte, dem fiel wohl nicht einmal auf, daß auf dem Heider Wochenmarkt weniger Männer waren als sonst. Die Landesversammlung gab es seit 1559 nicht mehr. Dafür war nun mehr Platz für den Handel. Den Markt hatten die Heider nach der Niederlage in der „letzten Fehde" schnell wieder aufleben lassen. Er war das wichtigste Verbindungsglied zur Welt außerhalb der Dithmarscher Grenzen geblieben und sogar noch mehr geworden. Das Angebot der Kaufleute aus Hamburg, Lübeck und anderen Städten ergänzte das der örtlichen Handwerker und der Bauern der Umgebung. Dazu kam denn noch gelegentlich fahrendes Volk, wie Quacksalber, Artisten und Musikanten. So war denn der Markt auf dem großen Rechteck-Platz inmitten des Fleckens Heide an Wochenenden ein Treffpunkt für viele.

Das bunte Treiben verstärkten noch 200 Reiter des herzoglichen Heeres. Sie ritten in zwei Zügen schon am frühen Morgen in Heide ein. Eigentlich hätte ein Teil der Truppe über den Dellweg zur Stellerburg anrücken sollen. Obrist Weber aber war der Meinung, da bestehe die Gefahr einer zu frühen Entdeckung. Er wolle seine Reiter lieber auf einigen Schleichwegen an die Versammlung auf der Stellerburg anrücken lassen. So kamen denn seine Leute noch zu einer interessanten Pause, nahmen hier noch einen Schluck Bier zu sich, kauften dort eine Kleinigkeit und schauten dem „Doktore hamburgensis" zu, der einer dicken Bauersfrau einen Zahn zog.

Als dann die Trompete erklang, deren Signal zum Aufbruch rief, gab es wohl kaum einen der Reiter, der nicht gerne noch eine Weile geblieben wäre. Aber so ist es nun einmal beim Militär: Befehl ist Befehl.

*

Zur gleichen Zeit, als die Soldaten es sich in Heide gut gehen ließen, ritt Änneke am Ufer des Stellersees entlang. Verfehlen konnte sie ihren Weg nicht. Sie war schon mehrfach an der Stellerburg gewesen, um dort Kräuter zu sammeln. Sie ritt der Sonne entgegen, die ihre ganze Kraft entfaltete und ihr selbst sowie dem Pferd den Schweiß aus den Poren trieb. Schnell in Richtung Stellerburg voranzukommen, das war ihr Ziel. Sie war so sehr mit ihrem Pferd und den Gedanken an Johann Tope beschäftigt, dass sie die zwei Männer erst spät bemerkte, die auf den Weg sprangen und ihr zuriefen, sie solle anhalten. Änneke schrie, als sie nach dem Zügel griffen: „Was wollt ihr?“

„Sehen, wer du bist und wohin du willst“, antwortete der größere von den beiden, ein Mann mit einem Vollbart, dessen rotblonde Haarpracht von der Kappe auf dem Kopf kaum gebändigt werden konnte. Sein Gesicht verlor ganz plötzlich seine Strenge: „Du, Änneke?“ Die Angesprochene stutzte: „Du, Peter Hansen?“ Lachend reichten sie sich die Hand. Der zweite Mann zog die Pike zurück, die er auf Änneke gerichtet hatte.

Peter Hansen half Änneke aus dem Sattel. Dann stellten er und sie Frage auf Frage. Sie erzählte, warum sie unterwegs sei. Er erklärte, dass er hier gewissermaßen auf Vorposten stehe. Es solle verhindert werden, dass Fremde in die Nähe der Stellerburg gelangen. „Ist Johann Tope in der Stellerburg?“ lautete die Frage, die Änneke auf dem Herzen brannte. Als Peter Hansen das bestätigte, brach sie das Gespräch mit ihm ab und ritt schnell davon.

Tope war also da. Wie sollte sie ihm gegenübertreten? Sie hatte ihn doch verlassen. Sie war ihm nicht treu geblieben. Dass sie mit Claus Oeverländer nicht gerade den besten Charakter erwischt hatte, änderte an dieser Sache nichts. Claus konnte in der letzten Zeit sehr herrisch und mißtrauisch sein. Sie vermutete, man hatte ihm auch einiges über ihre Vergangenheit zugetragen.

*

Die alten Wälle verdienten den Namen „Burg“ gewiß nicht mehr. Sie waren im Laufe der Jahrhunderte schon recht abgeflacht. Es gab schon Lücken. Büsche und kleine Bäume hatten sich eingenistet. Kurz, die Stellerburg hatte schon bessere Tage gesehen. Sie wurde in ihrer ursprünglichen Funktion schon lange nicht mehr gefordert, eignete sich aber doch hervorragend als Versammlungsplatz. Eine Zeit lang hatte hier sogar die Landesversammlung getagt. In den

Jahren 1509 und 1510 war das, als das Volk sich gegen die 48 Regenten des Landes erhoben hatte. Mehrere der Regenten hatten die Kaperei der Lübecker auf der Eider zugelassen. Dabei waren neben Schiffen aus Dänemark auch solche aus Dithmarschen geentert worden. Das Volk wandte sich gegen die Männer, die solchen Übergriffen heimlich zugestimmt hatten. Es setzte die Regenten ab und steckte das Haus von Carsten Holm in Brand. Er hatte schon in der Schlacht bei Hemmingstedt eine zwiespältige Rolle gespielt. Bis alles wieder im Lot war, tagten die Dithmarscher nicht mehr in Heide, sondern auf der Stellerburg.

Nun aber zeigte das Innere des Wallrings ein buntes Bild. Mehrere hundert Männer hatten sich im Schutze der Nacht auf den Weg gemacht. Sie trugen die alten Stander bei sich, die mit den Zeichen der Geschlechter verziert waren, Andenken an die Vergangenheit der Familien und des Landes. Sie wurden für diesen Tag eigens aus den Verstecken hervorgeholt. Nun flatterten sie wieder im Wind, der frisch von der Nordsee her herüberwehte. Da war der Anker der Woldersmannen zu erkennen. Daneben flatterte der mit einem Schiff geschmückte Wimpel der Bootsmannen. Da gab es den Stander der Bollingmannen, der einen Schlüssel zeigte. Die Harder präsentierten den Hirsch, die Ebbingmannen Schwerter und Rosen. Von den höchsten Plätzen des Walls aus spähten Männer in das Land. Sie sollten die Versammelten vor Überraschungen schützen. „Können wir nicht anfangen?“ fragte Hans Russe. „Seit einer ganzen Weile ist doch keiner mehr gekommen. Offenbar ist kein Zuzug mehr zu erwarten.“ Kaum hatte er diese Feststellung getroffen, ertönte von dem östlichen Wachposten ein Ruf: „Ein Reiter!“

Zuerst hatte der Mann, der in einem Busch auf dem Wall sein Versteck gut ausnutzte, nur eine leichte Staubfahne entdeckt. Sie wurde schnell größer und zog immer näher an die Stellerburg heran. „Wer kann denn das noch sein?“ fragte Jerren Clauss Hanss, der mit Christian Offe und Sywert Bump Ausführungen von Johann Tope lauschte.

„Eine Frau!“ Der Ruf pflanzte sich schnell fort. Wie ein Blitz traf es Tope, als er erkannte, wer da auf einem Rappen heransprengte. Er drängte sich durch die Menge der Männer, die neugierig heranströmte. Wenig später hielt er Änneke in den Armen. Nur einen Augenblick konnte er diese Situation genießen, bis ihm die Frau zwischen zwei Küssen zuflüsterte: „Ihr seid in Gefahr." Er ließ sie los. „Erzähle!" Änneke berichtete ihm von den 200 Reitern und wie sie an die Nachricht gekommen war. Ihre Mitteilung machte schnell die Runde unter den Männern und wurde verschieden aufgenommen. Etliche zeigten Betroffenheit, andere fanden böse Worte. Von Verrat war die Rede. „Wer sind die Verräter?" wurde gerufen. Die Waffen wurden hervorgekramt und erhoben. Viel Lärm entstand.

Doch dann kam Trommelschlag auf. Hans Russee war auf die Nordseite des Walls gestiegen. „Hört zu!" rief er. „Der Herzog setzte Truppen gegen uns in Bewegung. Ich weiß, ihr seid heiß darauf zu kämpfen, dafür aber ist die Zeit noch nicht reif. Ich rate euch in kleinen Gruppen abzuziehen. Wenn die Gottorfer kommen, sollen sie das Nest leer vorfinden."

„Wir bleiben, wir wollen kämpfen nach Art unserer Väter", schrie Karsten Boyensohne, ein junger Mann mit langen blonden Haaren. Ihm schlossen sich einige an. Die meisten aber nahmen die Anregung von Russee auf. Die ersten begannen abzuziehen, strebten auf Umwegen in ihre Heimat. Das Gelände bot dafür viele Möglichkeiten, aber auch solche, sich zu verstecken. So gab es denn nicht wenige Augen, die heimlich beobachteten, wie die 200 Reiter am frühen Nachmittag eintrafen und enttäuscht feststellen mußten, dass ihr „Angriff" auf die Burg zur Luftblase wurde. In den Gesichtern der Soldaten war Enttäuschung zu lesen, aber bei einigen auch Zufriedenheit, dass es nicht zum Kampf gegen die „wilden Dithmarscher" kommen mußte.

49

Das Schiff ging auf Kurs Süd-West. Johann Frantzen hatte die beiden Gefangenen Volko Fresensone und Nanne Wedeke bei Büsum an Land gesetzt. Dort hatte er eine Reihe Männer an Bord genommen, die von der Stellerburg zurückkehrten. Nach und nach wurden sie im südlichen Dithmarschen an Land gebracht. Auch Änneke und Johann Tope gehörten zu den in Büsum aufgenommenen Leuten. Frantzen hatte ihnen angeboten, sie nach Bremen zu bringen. Er habe dort ohnehin zu tun.

Sie waren die letzten Gäste an Bord. Sie schauten über die Bordwand nach Osten, wo die Konturen Dithmarschens am Horizont verschwanden. Änneke und Johann hatten sich wiedergefunden. Das Band ihrer Liebe konnte wieder geknüpft werden, wo es einst zerrissen war. „Ob wir das Land noch einmal wiedersehen?“ flüsterte Änneke leise. Johann Tope antwortete nicht, für ihn stand mehr auf dem Spiel als nur ein Abschied. Er hatte es als sein Lebenswerk betrachtet, dem Land, in dem er geboren ward, die alte Freiheit wieder zu verschaffen. Er konnte davon auch noch nicht wegfinden. Abstriche aber mußte er bei seinen alten Plänen machen, das hatte er inzwischen erkannt. Die Menschen und ihre Ansichten begannen sich zu ändern. Für sich selbst fand er heraus, dass nur unablässiges Streben eines Einzelnen allein nicht zum Erfolg führte. Die Wünsche der Menschen mußten einbezogen werden.

*

Änneke war noch nie mit einem Schiff über See gefahren. Sie zeigte sich wißbegierig und fragte nach der Tiefe des Meeres und wie hoch die Wellen werden könnten. „Wie weit ist es denn noch nach Bremen?“ erkundigte sie sich, als das Land aus der Sicht verschwand und ringsum nur noch Wellen zu sehen waren. Das unsichere Gefühl, das sie verspürte, wenn der Seegang das Schiff packte, verschwand erst, als die Wesermündung erreicht und die Küste wieder zu sehen war.

Nun begann sie wieder, Pläne zu schmieden, drängte Johann Tope, dafür zu sorgen, dass sie möglichst schnell Lüneburg wieder erreichten. Die Männerkleidung, die sie immer noch trug, war ihr längst unbequem geworden. Sie wollte wieder Frau sein. Das kam denn auch so. Kaum waren sie an Land, kümmerte Tope sich um eine Fahrgelegenheit nach Lüneburg. Bei den Geschäftsbeziehungen, über die er auch in Bremen verfügte, bereitete das keine Schwierigkeiten. Bald schien alles wieder normal. Johann Tope streifte allerdings nach seiner Rückkehr nach Lüneburg zuweilen unruhig durch das Haus und die Lagerräume, offenbar immer dann, wenn besondere Briefe eintrafen. Er vermied es aber, das Thema Dithmarschen und dessen Freiheit anzusprechen. Erst sehr viel später wurde das dann doch akut.

50

Tope war also entwischt. Wohin konnte er gegangen sein? Das war die Frage, die Herzog Adolf und den königlich dänischen Statthalter Heinrich Rantzau bewegte, als sie abends im Schloß Gottorf vor einem der Kamine saßen. Von Lüneburg sei er gekommen, meinte Rantzau. So habe er erfahren. In Lüneburg habe die Familie Tope eine Niederlage ihres kaufmännischen Bereichs. Es könne also durchaus sein, dass Tope dahin zurückgehe. „Ich schlage vor, einen Vertrauten dorthin zu entsenden, der unauffällig das Geschehen beobachtet. Wenn der feststellt, dass Tope wieder auftaucht, soll er dessen Verhaftung veranlassen. Unsere Beziehungen zum Rat der Stadt sind nicht gerade die besten. Es dürfte aber trotzdem klappen, meine ich." So lautete Rantzaus Vorschlag.

„Bedenkt bitte, daß ich Oberst von Hentrich versprochen habe, Tope nicht nach Leib und Leben zu trachten", antwortete der Herzog. „Nun, darauf braucht es ja nicht gerade hinauszulaufen", warf der Statthalter ein. „Ihn hinter Gitter zu bringen, ist doch auch eine ganz passable Lösung. Vom Kerker aus wird Tope wohl kaum noch etwas unternehmen können. Denkt an König Christian den Zweiten. Seine Verwahrung auf Schloß Sonderburg hat sich doch bewährt. Er dankte schließlich sogar ab. Das ist doch ein gutes Beispiel für unseren Fall. Die Glut der Aktivität erlischt hinter Gittern."

„Gut", entschied der Herzog nach kurzer Überlegung. „Verlangt in Lüneburg die Festnahme von Johann Tope und die Überstellung an uns. Schickt aber einen guten Mann nach Lüneburg."

„Verlaßt euch auf mich. Ich werde morgen alles veranlassen. Ich weiß da einen guten Mann, der Tope haßt", lachte Rantzau. Der Herzog wünschte ihm: „Gute Nacht."

*

Alkohol löst die Zunge. Im Suff plaudert mancher auch Dinge aus, die er sonst wohl kaum preisgeben würde. So war es Heinrich Rantzau mit Gerd Thede gegangen, als er auf dem Schloßhof ein Gespräch am Lagerfeuer abgehört hatte, das Landsknechte führten, die aus Dithmarschen stammten. Sie hatten dem Alkohol kräftig zugesprochen. Als einer von ihnen erzählte, er habe gehört, Johann Tope aus Lunden nenne sich jetzt „Ritter Hans von Lunden“ und verkehre in hohen Kreisen, schrie ein anderer auf: „Der Lump, wenn ich den vor die Flinte oder das Schwert bekäme, den würde ich umbringen.“

Rantzau erinnerte sich an den Mann, er war von stämmigem Körperbau. Sein Gesicht war durch Verwundungen entstellt. „Er hat wohl noch eine Rechnung bei dir offen“, hatte einer der Kameraden vermutet. „Geht es um Geld?“ wollte ein anderer wissen. „Schlimmer“, antwortete der Betrunkene. „Er hat mir ein Weib gestohlen.“

Rantzau hatte sich nach dem Namen des Geschädigten erkundigt. Der heiße Gerd Thede, hatte man ihm gesagt. Eben diesen Mann ließ Rantzau suchen und zu sich bringen. Er war Feuer und Flamme, als er von seiner Aufgabe erfuhr. Der Kanzler riet ihm, sich einen Vollbart wachsen zu lassen, um seine Blessuren zu verdecken. Gerd Thede erhielt ein neues Wams und ein schnelles Pferd. Zwei Wochen später befand er sich auf dem Weg nach Lüneburg.

Aus dem einfachen Landsknecht war ein ansehnlicher Reiter geworden. „Ritter Gerd aus Dithmarschen“, wie er sich nun selbst nannte. Er fand Reisegefährten, die ihn von Hamburg nach Süden begleiteten auf Straßen, auf denen ihnen viele Salzfuhren begegneten. Lüneburger Salz sei begehrt von den Niederlanden bis Rußland, erzähle ihm einer seiner Mitreisenden.

*

Der Herbst kündigte sich bereits mit bunten Farben an. Leichter Wind wirbelte den Sand auf. Gerd Thede hatte keinen Blick dafür. Er ritt in Gedanken dahin. Was hatten die vergangenen Jahre ihm doch alles beschert. Das war die Frage, die ihn beschäftigte. Mit dröhnendem Kopf war er einst auf dem Schlachtfeld vor Heide aus tiefer Ohnmacht erwacht. Die Schmerzen in seinem Kopf waren kaum zu ertragen gewesen. Jede Bewegung hatte ihm weh getan. Von Freund und Feind war nichts Lebendiges mehr zu sehen. Tote Menschen und Pferde lagen um ihn herum. Schwach war das Wummern von Geschützen zu hören. In der Ferne wurde wohl noch gekämpft.

Die Schlacht war vorüber, das Schlachtfeld gehörte den Toten. Was war mit ihm, und was wurde mit ihm? „Herrgott, gib mir eine Antwort“, hatte er gestöhnt und zum Himmel aufgeblickt. Eine Antwort kam nicht. Nur Wolken zogen dahin und Vogelschwärme. Wann und wie er nach Haus gekommen war damals, daran erinnerte sich Gerd nicht, wohl aber, daß er nach seiner Gesundung beschlossen hatte, seine Heimat zu verlassen. Er wolle die Freiheit suchen, hatte er gesagt.

Hatte er sie gefunden? Wohl nicht. Landsknecht war er geworden. Zwar stand die Welt ihm offen. Die Freiheit, die er dabei genießen konnte, hatte nur einen kleinen Spielraum. Er konnte die Flagge wechseln. Das war denn aber auch schon alles. Irgendwem gegenüber mußte er sich dann doch immer wieder verpflichten. Dessen Ziele konnten ihm egal sein. Die Hauptsache war, daß der Sold stimmte.

Weite Wege war er durch Nordeuropa gezogen. Der Dienst auf Schloß Gottorf hatte ihm ruhige Tage beschert, wenig Märsche und mehr Zeit für einen guten Krug Bier. Nun hatte das Schicksal ihn wieder in Gang gebracht. Warum? Holte die Vergangenheit ihn ein? Die Zeit der Weiber war doch offensichtlich vorbei für ihn. Und doch war er jetzt ausgeschickt worden nach einem Mann zu suchen, der ihm ein Weib ausgespannt hatte. Weh dir, Johann Tope.

*

Lüneburg sei eine herrliche Stadt, fand Gerd Thede. Er hatte bald ein passendes Quartier gefunden und natürlich eine passende Kneipe, in der er das schäumende Kronenbier kennenlernte. Es gab da auch Kerle, die nicht nur Gefallen am Gerstensaft fanden, sondern auch über die Stadt und ihre Bewohner erzählen mochten. So gelangte Thede denn schnell zu Erkenntnissen über Johann Tope und sein Treiben in Lüneburg.

Als Gerd Thede an einem Nachmittag leicht taumelnd von der Kneipe zurück in sein Quartier zog, schreckte er auf. War das ein Trugbild oder war das wirklich Änneke? Sie war es. Die alte Wut erwachte wieder. Er kam sich plötzlich taufrisch vor und stürmte auf die Frau zu, packte sie und schrie: „Hexe – Hexe – Hexe!“

Zwei Stadtknechte, die gerade vorbeigingen, beobachteten sein Verhalten. Als er zum Dolch griff, packten sie ihn und schleppten ihn auf die Wache. Dort konnte Thede sich als Bote des Herzogs von Gottorf und des Königs von Dänemark ausweisen. War er vorher als Rabauke angesehen und behandelt worden, änderte sich das nun schnell. Lächelnd nahm er die Entschuldigung des Ratsherrn an, für den er zum „Fall“ geworden war. Tope werde verhört, versicherte der Mann im dunklen Rock.

Gerd Thede war schon wieder auf dem Rückweg nach Schleswig, als das geschah: „Ihr nennt euch Ritter Hans von Lunden?“ wollte der Mann im schwarzen Ornat wissen, vor dem Johann Tope in der Gerichtslaube des Lüneburger Rathauses stand. Er war am Tag vorher in seinem Haus verhaftet worden.

„Herzog Adolf von Gottorf, Herr über Dithmarschen, beschuldigt euch, Johann Tope, der Umtriebe mit dem Ziel der Befreiung eures Heimatlandes von seiner ihm im Friedensvertrag von 1559 zugesicherten Herrschaft. Er behauptet, dafür Zeugen zu haben. Er bezichtigt euch weiter des Eidbruchs. Ihr hättet nach der Schlacht um Heide, so auch ‚Letzte Fehde‘ genannt wird, im Jahre des Herrn 1559 geschworen, nie wieder eine Hand gegen die Herzöge von Gottorf-Schleswig, von Hadersleben und den König von Dänemark zu erheben. Habt ihr dazu etwas zu sagen?“

Tope hörte aufmerksam zu. Sein Blick ging dabei zu den Darstellungen der mit leuchtenden Farben bemalten Fenster hinüber. Sie stellten die neun guten Helden dar. Im Nordbogen prangte das Gerechtigkeitsbild. Darstellungen an der Decke verwiesen auf die ereignisreiche Geschichte der Stadt. Was mochte in diesem Saal schon alles verhandelt worden sein?

Der letzte Satz des Ratsmannes riß Tope aus seinen Betrachtungen. Man warf ihm also Eidbruch vor. Das galt es, zunächst einmal auszuräumen. „Euer Ehren“, begann er seine Entgegnung. „Man kennt mich hier als ehrenwerten Mann. Umso überraschter war ich, als man mich gestern in den Kerker abführte. Mein Vater, der hier in dieser Stadt eine Niederlassung seines Geschäfts gründete und hier zeitweise lebte, würde sich im Grabe umdrehen, hätte er diese Szene miterleben müssen.“

Dem Ratsmann war die Darstellung dieser Beziehung zu Lüneburg offensichtlich sehr peinlich. Er selbst hatte oft genug mit Tope im Ratskeller über Gott und die Welt diskutiert. Nun sollte er ihn verurteilen.

„Ich fragte nach dem Eid auf den König und die Herzöge“, unterbrach er Tope. „Ich habe ihn nicht geleistet“, sagte Tope mit fester Stimme. Er schaute dem Ratsmann dabei voll in die Augen. Dann schilderte er die letzte Phase des Kampfes um Heide und wie er danach mit Eweke und Änneke im Versteckt lebte, der Aufforderung zum Eid aber nicht folgte. „Gibt es Zeugen?“

Diese Frage hatte Tope erwartet. Seine Antwort fiel prompt aus: „Boleke Hoyke und Henneke Böke haben mich 1559 von Dithmarschen nach hier begleitet. Sie sind noch heute in meinem Hause beschäftigt. Sie können befragt werden.“

„Das werden wir tun, und zwar noch heute“, so verkündete der Ratsmann. Diese Entscheidung ersparte Johann Tope eine erneute Einkerkerung. Die Vernehmung der beiden genannten Zeugen brachte die Bestätigung seiner Aussage.

Der weitere Teil der Verhandlung war schnell abgewickelt. Welche Stellung ein Mann zu Fürsten oder Königen einnehme, sei für Lüneburg ohne wesentlichen Belang, erklärte der Ratsmann. Der Bürger Johann Tope werde daher nicht ausgeliefert. Die beiden Stadtknechte, die seit Beginn der Verhandlung Johann Tope in die Mitte genommen hatten, traten zurück. Er war wieder ein freier Mann.

Der Ratsmann diktierte seinem Schreiber „Lüneburg, am 27. September des Jahres 1580.“ Kurz und knapp beschrieb er das Ergebnis der Verhandlung und teilte dem Herzog Adolf von Gottorf mit: „Der Beschuldigte Johann Tope wird nicht ausgeliefert.“

Zufrieden strebte Johann Tope seinem Haus zu. Der Weg war nicht weit. Er führte vom Rathaus zum nahen Ochsenmarkt. Schon bald grüßte der Staffelgiebel des Gebäudes mit den drei Stockwerken zu ihm herüber, so als wollte er sagen. „Komm herein, hier findest du Frieden.“ Kaum hatte er die Tür geöffnet und die große Diele betreten, stürmte auch schon Änneke auf ihn zu. Sie hatte rote Augen, also offensichtlich geweint.

51

„Die Lüneburger haben abgelehnt, Tope auszuliefern. Er behauptet, er habe nicht geschworen“, erklärte Statthalter Rantzau dem Herzog Adolf, der auf Schloß Breitenburg zu einem Besuch erschienen war. „Kann das sein? Haben wir nicht alle zusammengetrieben damals?“ grübelte der Herzog. „Naja, denn bleibt uns nur noch, wachsam zu sein. Irgendwann wird er wohl wieder in Dithmarschen auftauchen. Dann schlagen wir zu. Ich habe da eine Idee: Wir sollten vor allem Lunden überwachen. Dort war er doch zuhaus.

Falls es zu einem Aufruhr in Dithmarschen kommt, wird es mir sicher gelingen, als Oberster des sächsischen Kreises Kräfte genug zu sammeln für ein schlagkräftiges Heer. Von den Lübeckern hab ich für einen solchen Fall die Zusage über 500 bis 600 Kriegsknechte und zehn Kanonen.“

„Ja“, gab Rantzau dem Herzog recht, „wir müssen aufpassen. Wie stehen denn im Norden Dithmarschens die Chancen, die Menschen an eine Staatsform zu gewöhnen, wie wir sie erstreben und verwirklichen?“ wechselte Rantzau das Thema. Der Herzog strich sich den Bart. „Der Bauer ist ein wichtiges Element unserer Zeit“, sagte er dann. „Man sollte ihm gewisse Rechte geben. Das könnte sie an uns fesseln. Man muß seinen Stolz bis zu einer gewissen Grenze wachsen lassen, vor allem das Elend des Lebens von ihm halten. Durch solidarische Hilfe von Mensch zu Mensch könnte viel gewonnen werden.“

Rantzau, der in das Feuer des Kamins gestarrt hatte, nickte mit dem Kopf: „Welche Stellung nimmt dabei der Krieg ein? Es wird ja behauptet, es habe gerechtfertigte Kriege gegeben. Alle aber brachten doch schreckliche Leiden über die Menschen.“ Der Herzog lächelte: „Aus euch spricht der Philosoph, Rantzau. Ihr habt recht. Trommelschlag und militärischer Ruhm auf der einen Seite, Verzweiflung auf der anderen stehen am Ende einer Schlacht. Sieger werden verherrlicht, Verlierer verdammt. Die Fehler liegen oft in Versäumnissen der Vergangenheit. Sie liegen oft im Bereich des Menschlichen.

Die Dithmarscher neigten nach ihren Siegen 1404 in der Süderhamme und 1500 bei Hemmingstedt zur Überheblichkeit. Das erschwerte die nachfolgenden Verhandlungen. Die Dithmarscher fühlten sich nicht als Bauern. Sie wollten als Herren respektiert sein. Sie verloren oft den Bezug zur Realität. Als ich inkognito in ihrem Land war, um dort zu spionieren, habe ich ganz deutlich bemerkt, dass die Auffassung bestand, Dithmarschen sei unbesiegbar. Warum also sollte man sich um Veränderungen in der Waffentechnik und Truppenführung kümmern, meinten die Verantwortlichen. Wir dagegen wußten, dass man auf diesen Gebieten den Anschluß nicht verlieren darf."

Rantzau nickte Zustimmung: „Ja, eine geheime Formel für den siegreichen Ausgang eines Krieges oder einer Schlacht gibt es wohl nicht. Sie wurde bisher jedenfalls nicht gefunden. Die Launen des Wetters können ebenso einen Kampf entscheiden wie Fehler der Kommandeure."

„Hinzu kommt noch, dass die Berichte über Kriege meist mit Vorsicht zu lesen sind. Dabei ist es schwierig, zwischen kunstvoller Übertreibung und zuverlässiger Beurteilung zu unterscheiden. Wie viele Kriege wurden leichtsinnig angefangen und gingen schlecht aus für den, der sie begonnen hatte. Wie heißt es doch: Wenn eine Mücke ein Hühnerei legen will, ist das ihr Tod."

*

Still war es in der Nacht vor Palmsonntag in Lunden. Dicke Wolken hinderten den Mond, mit seinem Schein bis zur Erde vorzudringen. Das brachte günstige Bedingungen für ein Unternehmen, das zunächst das Haus von Claus Oeverländer zum Schauplatz hatte. Dem Mann, der immer wieder durch seine Finanzgeschäfte auffiel, galt eine Aktion, bei der Männer in dunklen Kleidern ihn aus dem Schlaf und dem Bett rissen, ihm die Hände auf den Rücken fesselten und ihm einen Knebel zwischen die Zähne schoben.

Dann stießen sie Oeverländer auf den Weg nach Wollersum. Als sie dort mit ihrem Gefangenen ankamen, stolperte dieser wie ein Betrunkener. Über einen Steg wurde er auf ein Schiff gelotst, das gleich danach vom Ufer ablegte.

In Lunden hatte offenbar keiner etwas von dem Überfall bemerkt. Alles war dort ruhig und dunkel. Den Nachtwächter hatten die Invasoren bestochen. Er sollte erst eine Stunde nach der Verschleppung ins Horn stoßen, um Alarm zu geben. Als es dann soweit war, schipperten die Räuber schon längst der Eidermündung entgegen.

Erst auf See nahmen sie Klaus Oeverländer Augenbinde und Knebel ab. „Johann Frantzen, du?" Das war das erste Wort, das der Gefangene herausbrachte. „Ja, ich", stellte der Angesprochene zunächst mit einem Schmunzeln fest. Ihm war aber doch der Zorn aus dem Gesicht abzulesen, als er sagte: „Ein paar Freunden von mir hast du übel mitgespielt, Oeverländer. Das wird auch dir übel bekommen."

Einen kleinen Vorgeschmack könne er gleich haben, meinte Frantzen dann. „Zählt ihm ein paar deftige Schläge hinten drauf", wies er seine Leute an. „Hier auf See hat sein Geschrei kein Echo." Dann wandte er sich ab. Kampf war sein Milieu. Prügelszenen liebte er nicht. Da mochte er nicht zuschauen.

„Das ist für Claus Junge", rief ein dicker Mann, den sie den Profoss nannten. Er schlug hart zu. Oeverländer biß die Zähne zusammen. Kein Laut kam über seine Lippen. Das steigerte die Wut seines Peinigers. „Das ist für Reimer Junge, der zusammen mit seinem Bruder den Kopf verlor, nur weil du deine Geldgier stillen wolltest. Das ist für Orselen Karsten, dem es nicht anders ging."

Blut spritzte aus dem Nacken Oeverländers. Sein Gesicht verzog sich zur Fratze. Er brüllte nun aus Leibeskräften. „Na endlich", brummte der Profoss zufrieden. Er wußte noch viele Namen von Leuten, die bei Oeverländer Geld aufgenommen hatten und die im Gefängnis gelandet waren, wenn die hohen Zinsen, die Oeverländer forderte, nicht rechtzeitig im Beutel des Wucherers landeten.

„Das ist für Johann Tope, dem du das Weib nahmst", rief der Peiniger dann noch und schlug besonders brutal zu. Erst als Oeverländers Körper schlaff über dem Block hing, ließ der Dicke von ihm ab.

Als Oeverländer erwachte, spürte er Blut auf seiner Zunge, sein eigenes Blut. Wohin er schaute, an seinem Körper klebte überall Blut. Sein Kopf dröhnte, und er versuchte, sich zu erinnern, wo er war. Der scharfe Seewind half ihm schnell, seine Sinne wiederzufinden. So leicht war ein Oeverländer nicht klein zu kriegen. Den Rest an Klarheit gewann er zurück, als ihn ein Schwall kalten Wassers traf. Einer der Seeleute hatte ihm einen Eimer voll übergeschüttet.

Er wünsche, den Kapitän zu sprechen, rief Oeverländer, und er versuchte, seiner Stimme Härte zu geben, die verraten sollte, dass er zu befehlen gewohnt war. Frantzen reagierte entsprechend: „Was willst du?“ – „Reden mit dir“, antwortete der Gefangene schon einen Ton kleinlauter. „Reden über Lösegeld.“

„Lösegeld! Das hört sich gut an. Was bietest du denn“, wollte der Kapitän wissen. „Dreihundert Taler“, bot Oeverländer an. „So so, dreihundert Taler.“ Das Lachen Frantzens steckte an. Die ganze Mannschaft schien schließlich davon befallen.

„Warten wir doch erstmal ab, was die zahlen“, meinte der Kapitän, als das Lachen abgeklungen war. Er zeigte auf die See hinaus. Dort nahte ein Schiff. „Melzer, laß alles gefechtsbereit machen. Wir greifen an.“ Der Befehl jagte Oeverländer einen Schauer über den Rücken.

Die Schiffe kamen einander näher. Der Eiderstädter Staller hatte 50 Männer aufgeboten und war den Freibeutern mit einem Segler nachgeeilt. Als er merkte, dass deren Schiff gut gerüstet war, dass viele Waffen in der Sonne blinkten und das wilde Geschrei der zahlreichen Mannschaft immer lauter wurde, verließ ihn der Mut. Er ließ die Segel raffen und gab so zu verstehen, dass er friedliche Absichten habe.

Einer von Frantzens Schar, ein großer Mann mit einer Narbe über die gesamte rechte Wange, nahte dem Schiff des Stallers mit einem Boot. „Habt ihr Oeverländer an Bord?“ wollte der Staller von ihm wissen. Als das bestätigt wurde, folgte die Frage: „Was wollt ihr mit ihm?“ – „Na, was sollen wir wohl wollen“, klang es höhnisch zurück. „Lösegeld wollen wir, und das nicht so knapp.“

„Dreihundert Taler“ bot der Staller. „Dreihundert Taler, oho, das bietet Oeverländer selbst“, klang es zurück. „Dafür könnt ihr ihn haben, aber nur tot. Lebendig kostet er mehr. Sagen wir das Zehnfache.“ Der Staller dachte, der Freibeuter pokere nur. Er versuchte zu verhandeln. Nichts ging. Der Mann im Boot lachte nur grimmig und blieb bei seiner Forderung. Schließlich schoß er mit seinem Gewehr in die Luft. Dann schrie er: „Zehntausend morgen um diese Zeit am gleichen Ort und sonst ...“ Er machte die Bewegung des Kehledurchschneidens. Auf sein Zeichen hin legten seine Gefährten sich in die Ruder und fuhren zu ihrem Schiff zurück.

Am nächsten Tag traf ein Parlamentär ein am vereinbarten Ort. Er brachte das geforderte Geld und nahm dafür den geschundenen Oeverländer mit. Dieser soll fortan ein stiller Mann gewesen sein und bei jeder Gelegenheit Gerechtigkeit für alle gefordert haben. Als solche mag er es wohl auch empfunden haben, als ihn 1590 die Kunde erreichte, Johann Frantzen sei heimlich nach Tönning gekommen, um Forderungen zu kassieren. Dabei sei er erkannt, gefangen und geköpft worden. Ein anderer Mann, den Frantzen in Tönning treffen wollte, erhielt rechtzeitig eine Warnung: Johann Tope. Er konnte entkommen.

Am Tag, als Frantzen geköpft wurde, lag Johann Tope in seiner Kammer in Lüneburg auf dem Bett. Er hob den Kopf und blickte um sich. Die Kerze auf dem Tisch war fast niedergebrannt. Dicke Wachstropfen liefen daran herunter. Es sah aus, als weine sie dicke Tränen. Nur wenig Zeit blieb noch, dann würde sie verlöschen. Wollte sie Tope signalisieren, auch sein Ende sei nahe? Er zog noch einmal das Fazit seines Lebens. Was hatte er erreicht? Was hatte er gewollt? Er hatte versucht, seiner Heimat die Freiheit von einst wiederzugeben. Er hatte keine Möglichkeit ausgelassen, um das zu erreichen. Das alles aber hatte nicht ausgereicht. Seine Kraft war erlahmt. Tope mußte an den Spruch denken, auf den ihn einst der Däne Peter Oxe hingewiesen hatte: „Wenn die Bäume alt werden, schlingt Efeu sich um die Äste. Parasiten und Moos ziehen die Kraft aus dem morschen Holz. Es verdorrt.“

Alle hatten ihn verlassen, auch Änneke, die einer Epidemie, die in Lüneburg wütete, einem hitzigen Fieber erlegen war. Vielleicht würde auch er schon bald vergessen sein. Sein Leben verlor sich in der Weite der Zeit. Am nächsten Morgen fand die Haushälterin Johan Tope tot in seinem Bett. Die letzte Strophe des Liedes der Dithmarscher Freiheit war verklungen.